JN193257

虚飾の王妃エンマ

Shiori Haruna
Emma de Normandie, a Queen of Vanity

榛名しおり

虚飾の王妃

エンマ

装幀　鈴木久美
装画　鈴木康士

ゲルマン民族の移動による混乱がようやくおさまりかけたヨーロッパに、ノルマン人が、北欧スカンディナビア半島から襲来し始めた。

喫水線(きっすいせん)の浅い海賊(ヴァイキング)船で、セーヌ川を内陸深くまでさかのぼっては略奪を繰り返す凶暴なノルマン人に、西フランク王国は脅かされ続けた。

海を隔てた隣国イングランドでは、九世紀末、アングロ＝サクソン朝の名君アルフレッド大王がノルマン人の襲来を撃退した。そのためノルマンの海賊船団は、さらにその舳先を西フランク沿岸へと向けることになる。

九一一年。

たまりかねた西フランク国王は、ついにノルマン海賊の長(おさ)であるロロに、セーヌ川下流域での定住を許し、独立した支配権を与えた。ノルマンディー公国の始まりである。

フランス国王の臣下となった初代ノルマンディー公ロロと息子たちは、あらゆる手管(てくだ)を使って、自分達の領地をフランス領邦で最も有力な公国に育て上げていく。

十一世紀初頭。

ノルマンディー公国は、相変わらずフランス王国の一領土にすぎない。

しかしノルマンディー公は、ヨーロッパ屈指の強力な軍隊を擁(よう)しながら、虎視眈々(こしたんたん)と国家間の政局を見据(みす)えていた。信仰心も厚く、ローマ法王でさえ一目置く存在だ。

ノルマンディー公国の経済力、軍事力は、いまや君主国フランスをはるかにしのぐようになっていた。

一

そのこぢんまりとした墓地からは、ルーアンの丘陵をゆるやかに流れ下るセーヌ川をはるかに一望することができた。

春の日差しに誘われた蜂たちが、蜜を求めて羽音をたてながら飛び交っている。

鉄や木の墓標や十字架がてんでんばらばらに林立する中、エンマの乳母やが納められた小さな棺が馬車の荷台からおろされ、所定の場所までそろそろと運ばれていく。

馬車のあとをついて歩いてきた者たちが、おろされた棺を神妙な顔で取り囲む。

司祭がミサを始めた。

祈りの言葉が風に乗り、空に舞い上がっていく。

しかし五歳のエンマにはお祈りや棺よりも、棺の横にぽっかり口をあけた墓穴が気になってならなかった。深い。こんなにも深い穴は初めて見る。

掘られたばかりなのだろう。穴のすぐ横のこんもり掘りあげられた土山に、シャベルが四本突き刺してある。あの木の下で待機している日に焼けた男たちのしわざに違いない。こんなに深く掘るなんてすごい力仕事だ。どれくらい日数がかかった？　乳母やを納めた棺の寸法に対して墓穴が少し小さいように見えるが大丈夫か？　もし納まらなかったら急いで掘り広げるんだろうか。どうやって？　あの屈強な男たちが、あのシャベルをひっこ抜いて？　想像しただけでエンマはわくわくした。

（見てみたい）

誰かの泣き声がする。

びっくりしたエンマは、まわりの大人たちを見上げた。

するとどうだろう、みんな嗚咽をあげ、涙にくれているではないか。

（どうしたんだろう）

こんなことは初めてだ。何がみんなを涙させているのか、エンマにはわからない。

すぐ横に養育係のモルガン夫人がいて、彼女もまた泣いている。

だが、どうして泣いているのか聞くことはできなかった。どうして？　とエンマが何か聞くたびにモルガン夫人の眉間に深々としわが刻まれる。どうしてそこにしわ？　と指ささずにはいられないエンマに、口早な説教が降り注ぎ、手の甲を思い切り叩かれる。腫れ上がってスプーンも持てないほど痛いのに、どうして叩かれたのか、エンマにはさっぱりわからない。

（どうしてモルガン夫人は泣いてるんだろう）

まわりの人が泣いている。だがその理由がわからない。何かエンマが知らない理由があるに違いないのに、さっぱり見当がつかないし、聞くことも許されない。みんなの陰気な嗚咽を聞くうち、エンマはだんだんこわくなってきた。どきどきしながらこわさに耐えるうち、ようやく司祭の話が終わり、棺がそろそろと墓穴におろされた。

皆、穴の底の棺に一つかみずつ土をかけていく。

養育係モルガン夫人が嗚咽しながらエンマの手をつかんだ。「さあ姫様」

どうして泣いているのかわからないモルガン夫人にいきなりつかまえられたエンマは、反射的にその手を振り払おうとした。

予想していたと見えてモルガン夫人はエンマをがっちりと抱えこんだ。あの穴に投げ込まれたらどうしよう。エンマは悲鳴をあげた。「いや！」

するとさらにエンマ付の召使いたちも加わって手足をつかまえられた。身動きとれなくなったエンマは「助けて」と声をからして叫んだが、誰も助けてはくれない。エンマの母も含め、まわりの大人たちが皆いっせいに視線をそらした。

切羽詰(せっぱつ)まったエンマはモルガン夫人の手にかみつこうとしたが、これもいつものことなので簡単にかわされてしまった。ばたばたしているうちに靴も脱げた。モルガン夫人はエンマの手をつかみ形だけ棺に土をかけると、エンマを抱えたまま逃げるように墓地をあとにした。

「とんでもない姫様だ。ああ恥ずかしい」

モルガン夫人はエンマの胴を怒りにまかせて締め上げた。「なぜよい子にできないのです。最後のお別れだというのに。悲しくないんですか。もう会えないんですよ？」

乳母やは死んだのだから、会えなくて当たり前――と言おうとしたが、胴を締め上げられて声が出せない。

「地獄に落ちても知りませんからね！」

（地獄？　どうして？）

エンマはますます混乱させられた。

地獄に落とされるというのに、その理由がさっぱりわからない。

そのままエンマは納戸に投げ込まれた。

しかし、ことあるごとに投げ込まれるこの狭く薄暗い空間が、最近では、自分の部屋よりもよほどほっとできた。ここにこもれば、もう誰にもどきどきさせられずにすむ。

恋しいのは、使い古して毛玉だらけになったあの薄手の毛布くらいか。

「もうお手上げです」

扉の外で、モルガン夫人が誰かに大声で訴えている。「オーランシュ先生はきっと何か勘違いされてるのです。ほら、こんな納戸に閉じ込められても泣き声一つたてません。これまで何人もお育てして参りましたが、エンマ様だけはもうどうにもなりません。しつけが足りないのではなく、生まれつきお知恵が足りないのです。言葉数だけは多いですが舌っ足らずですぐに癇癪を起こしますし、こうして罰を与えても少しもこたえない。絶対誰にも懐きません。ほら、ご覧くださいこのかわいそうな腕を！　これ全部姫様にかまれたあと！」

ひっ、と女性が恐ろしげに息をのむのが聞こえた。

「髪だって結わせていただけませんし、お着替えだって大騒動。お靴だってすぐ脱ぎ捨ててしまう。顔かたちが多少良いからといっても、こんな暗愚な姫は、恥ずかしくて一歩も表には出せません。出せば公爵家の家名にかかわります」

モルガン夫人は結論づけた。「修道院に入れることをお勧めしなければならないのは、養育係として残念でなりません」

「わかった」

投げ出すように言ったのはエンマの母親だった。「すぐそうしてちょうだい」

母の声を聞いたのは数ヵ月ぶりだ。母親の声を、エンマはほとんど忘れかけていた。

しばらくして、納戸の扉を開く気配がしたので、エンマはさらに奥へともぐり込んだ。背後で聞こえたのはモルガン夫人の大きなため息と、ガシャンと何かが床に置かれる音、そして扉が荒々しく閉められる音だった。

こわごわ振り返ると、投げ出すように床に置かれたのは皿で、載っていたのはパンとチーズ一かけだった。どうやらこれが夜ごはんらしい。

這い寄ったエンマはかたいパンにかじりついた。

（今日はもう誰も来ない——どきどきしなくてすむ）

チーズを壁際に置き、腹ばいになって少し待つと、小さなネズミが一匹出てきてチーズをかじりだした。

エンマの手に載せたチーズを食べるほど、もうエンマに馴れてしまっている。いっしょにパンをかじりながらエンマはようやく笑顔になった。

「おいしいねえ」

生きるのはつらい。

人といるのがこわくて、もうこれ以上生き続けるのは無理だとエンマは思っている。だが終わらせる方法も五歳の娘にはわからない。

「寒くなあい？　エンマはね、ちょっと寒い」

くるまる毛布の一枚もないまま、エンマは床板の上に顔を伏せた。

＊

「ここですが――」

養育係モルガン夫人の声がしたのでエンマははね起きた。

「下がっていい」

男の声のあと、何も聞こえなくなった。モルガン夫人はいなくなったらしい。

「エンマ」

エンマはあわてて飛び下がり、どきどきする胸を抱えこみながら奥の壁に頭を押しつけた。初めて聞く声だ。誰だろう。何をしに来たのだろう。修道院からのお迎え？　それとも地獄からの使者？　エンマはこわくてたまらなかった。誰にも会いたくない。いっそこのまま壁の一部になってしまいたい。

「今日、墓地でおまえを見た」

男は扉越しに語りかけた。「おまえ以外、皆が泣いていた。そのわけを知りたいか？」

エンマは顔を上げた。

わけを知りたい。

「悲しかったからだ」

声の位置が少し低くなった。腰をおろしたらしい。「人が一人死んだ。人は何かを失うと悲しいと思う。悲しいと自然と泣けてくる」

なるほどそういうことなのか、とエンマはようやく得心できた。みんな乳母やが死んだから悲しかったのだ。それでみんなでいっせいに泣きだしたのだ。

誰も教えてくれなかった。

「わかったか?」

うん、と大きくうなずいたが、もちろん扉の向こうの男には見えない。男がもう一度静かに「わかったか?」と尋ねてきたので、エンマは声を出すことにした。

「わかった」

「そうか。よかったな」

うん、とエンマも少しだけうれしく思った。「よかった」

「わからなくて不安だったか」

「こわかった」

今もまだこわいし、これからだって不安の中を手探りで生きていくしかない。

男がふとつぶやいた。「顔を見ながら話すほうが早いな」

エンマもそう思ったし、好奇心も手伝ったから、もう逃げる気にはならなかった。そっと扉を開いたのは僧服を着た短髪の青年で、少し顔をしかめながら燭台を納戸の中に差し入れてきた。

(今話していたのは、この人?)

いや、僧服の青年の足元にエンマと同じ金色の髪をした青年が座り、エンマを見ている。

やがて口を開いた。

「おれが誰かわかるか」

エンマはうなずいた。以前遠くから見たとき、死んだ乳母やが教えてくれた。

「あなたは、エンマのお父様の長男。名前はリシャール」

「そうだ」

リシャールはうなずいた。「おれはおまえの兄だ。――ラテン語でそう言えるか？」

エンマが苦もなくラテン語でそう言うと、リシャールは僧服の青年の顔を見上げた。僧服の青年はポケットから何か取り出して弾き、リシャールはそれを片手で受けた。

（何？）

エンマは小首をかしげた。コインのように見えたが、今何をしたんだろう。

「おまえは修道院に送られる」

リシャールは相変わらず柔らかい調子で言った。

「おまえの異母姉が、やはり養育係たちの手に負えず修道院に送られた」

エンマは知らなかった。「エンマの行く修道院に、エンマのお姉様がいるの？」

「すぐに死んだ」

そうなのかとエンマは肩を落とした。

つまり、自分もすぐ修道院で死ぬことになるのだ。

リシャールは身を屈めて納戸に入ってくると、手を伸ばしてエンマの顔にかかっていた金髪をうしろに撫でつけた。今度は何をしているんだろうと不思議がるエンマの顔を、角度をかえながらしばらくながめた。

やがて尋ねた。「こんなところに閉じ込められてどう思った」

「毛布がない」

「毛布か」リシャールは目を細めた。「おれがなってやってもいい」

「エンマの毛布に？」

「来い」

リシャールの手が伸ばされた。

だが、エンマにはその手をどうすればいいのかわからなかった。もう一度来いとうながされ、おそるおそる手を出すと、リシャールはエンマの手を取って自分のひざの上へと導き、座るようながした。エンマはそっと腰をおろした。

自分の手の上にいたネズミたちはこんな気持ちだったのかなとエンマは思った。居心地が悪いわけではないが、こわくて落ち着かない。

「こわいか」

驚いたエンマはリシャールの顔を見上げた。「どうしてわかるの？」

「わかるからだ」

「どうして？」

「表情を見て、声を聞き、置かれた状況を考えれば、おまえがうれしいのか悲しいのか、怒っているのかこわがっているのか、だいたいはわかる。普通、人は、物心つくころまでには相手の気持ちがわかるようになり、うまく対処しながら生きるようになる」

自分はそうじゃないとエンマは気づいた。

「そうだ。おまえは人の気持ちがわからない。墓地で見ていてわかった。おまえは、人の気持ちを感じ取る力に欠けている。だから人がこわい。特にあの養育係はこわいはずだ」

エンマはうなずいた。どうしたらいいのだろう。

「そうこわがることはない。おまえは賢く、好奇心にあふれている。相手が置かれた状況を的確にとらえて推理すれば、人の気持ちはほぼ読める。操ることだってできる」

「操る？」

「そうだ。人の気持ちなどいくらでも操ることができる。試してみればいい。あのうるさい女の言うことに素直に従ってみろ。好きなようにおまえを飾らせるんだ。何か聞かれたら笑顔で適当に答えておけ。余計なことはいっさい話すな」

エンマは首をかしげた。「まるでお人形さんみたい」

「そう。つまりはそういうことだ。かわいいお人形を演じてみろ」

「こわくなくなる？」

リシャールは満足そうに微笑(ほほえ)んだ。「何もこわくなくなる」

リシャールはエンマをひざからおろすと、服の裾(すそ)を払った。そして僧服の青年と共に納戸をあとにした。一度もエンマを振り返らなかった。

＊

エンマは試した。

リシャールに言われたとおり、モルガン夫人たちの言うことに素直に従った。お人形になったつもりで、好きなように自分を飾らせ、何か聞かれたらにこにこしながら適当に答えた。余計なことはいっさい話さない。

モルガン夫人は大声を出す必要がなくなった。

その日のうちに、侍女たちの物腰が柔らかくなった。二、三日するとエンマをあれこれ飾りたてては その容姿に感心するようになり、自然にエンマを大切に扱うようになった。

するとまず食事の内容がよくなった。パンとチーズを投げ与えるだけだったのが、温かいスープが毎回つくようになり、肉が載った皿にはナイフも添えられるようになった。

かわいらしい服が何着も仕立てられたころには、モルガン夫人の眉間のしわはすっかりなくなっていた。

「姫様は、すっかりよい子になられましたな。ふっくらとされて、顔色もおよろしい。いったいあの晩リシャール様に、なんと言い聞かされたのです?」

余計なことは話さない。にこにこしてごまかす。

修道院の話はどこかにいった。毛玉だらけの古毛布も新しい上質な毛布に替えられた。

(ふうん)

柔らかな毛布の手ざわりを楽しみながらエンマは考えた。

相手の気持ちは、相変わらずわからない。しかし操ることは結構たやすい。かわいいお人形のようにするだけでおいしいものが食べられるし、こんなにいいものや服も手に入る。

手管(てくだ)を教えてくれたのはリシャールだ。人の心を操る手管を、エンマはもっと知りたいと思った。「ねえ、リシャールってどこにいるの?」

「これ姫様。呼び捨てなどせず、ちゃんと兄上様とお呼びしなければ」

ごめんなさい、としおらしく反省してみせるだけで、モルガン夫人は満足そうだ。「そうそう。そうしてちゃんとよい子でいられるのなら、主日礼拝にだってお連れできます。公爵ご夫妻にもごあいさつできるし、兄上様のリシャール様もいらっしゃることでしょう。ただし、すごくよい子でいなければなりませんよ。よい子でいると約束できますか？」

もちろん、とエンマは絵に描いたような笑顔で大きくうなずいた。

モルガン夫人たちは奮い立った。今までエンマの世話をしてきてこれほど甲斐甲斐（かいがい）しく働いたことはない。念には念を入れ、主日礼拝にふさわしいよう上から下まで準備した。

次の日曜。

いつものように礼拝所に集まった人々は、とことこと入ってきたエンマを見て目を疑った。

これがあの愚鈍で見苦しく、早く修道院に入れてしまえと皆からうるさがられていた童女だろうか。ぼさぼさだった髪はきちんと櫛（くし）が通ってつやつやと金色に波打ち、さぞ時間がかかったであろういくつものリボンで飾られている。ふっくらとしたほほはバラ色に染まり、賢そうに輝く碧眼（へきがん）がにこにこしながら誰かをさがしている。

あまりの愛くるしい姿に驚いた父公爵などは思わず立ち上がり、

「いったいどこの天井画から舞い降りた天使かと――」と手を広げたが、エンマはちょこんとひざをかがめながらその手をかいくぐり、母親の前を素どおりして、ようやく探しあてた長兄リシャールの前に立った。

どうお？　と自分を見せて愛らしく小首をかしげると、瀟洒（しょうしゃ）な服に身を包んだリシャールが満足そうに微笑んだので、エンマは幸せな気持ちになった。

リシャールは優美な所作でエンマを自分の隣に導いた。エンマが品良く会釈してからリシャールの隣に腰をおろすと、この美しい兄妹(きょうだい)を興味深く見ていた人たちから思わずほうっとため息がもれた。

リシャールはエンマの耳元でささやいた。「なかなか良くできたお人形だ」

「でもまだこわい」

「不安は――」リシャールは正面を見ながらつぶやいた。「心に巣くう魔物だ。何をしようが、完全に取り除くことなどできない」

納戸のひんやりとした空気がエンマを包んだ。もうあんなところには戻りたくない。

「毛布になってくれるんでしょう?」

「毛布?」

すっかり忘れた様子のリシャールがエンマを悲しくさせた。「エンマの毛布になってくれるってリシャールは言った」

ああ、とリシャールはようやく思い出したようだ。「毛布か」

さあどうするかな、とリシャールはよそ見をした。

視線の先に、あの黒髪の青年がいる。先日の黒い僧服ではなくて今日は祭礼用なのか、白い僧服を着ている。

礼拝が始まりしばらくして、彼が一段高いところに登った。そして皆に向かってよく通る低めの声で聖書を朗読し始めた。流れるようなラテン語にエンマは驚いた。ラテン語のオーランシュ先生より滑らかなのではないか？　神の言葉であるラテン語を、まるで母国語のように美しく使いこなす青年にエンマはしばらく聞き入った。

彼が祭壇をおりてからは、周囲の真似をしながら説教を聞いたり祈ったりした。

そうするうちに主日礼拝は終わったらしい。養育係のモルガン夫人がこっちに迎えに来るのを見てエンマは心の底から悲しくなった。「え？　もう終わり？」

あわててリシャールを見上げた。「もっといっしょにいたい」

リシャールは養育係に言った。

「晩餐までエンマをあずかる」

エンマは思わず飛び跳ねそうになったが、リシャールが肩に手を置いてくれたおかげでこらえることができた。モルガン夫人は一も二もなくうなずいた。何しろ聡明で善良なリシャールは公爵家の跡取りとして皆に敬愛されていたし、リシャールがちょっと言い聞かせてくれただけでこんなにもエンマはよい子になったのだ。「姫様、よい子で」

「それから、今夜からエンマも家族席で晩餐を取る。台所方にそう伝えてくれ」

「かしこまりました」

何の心配もせず、養育係モルガン夫人は五歳のエンマを長兄リシャールに託した。

＊

リシャールの部屋の天蓋つきの寝台によじ登ったエンマは、ぴょんぴょんせざるを得なかった。楽しくて仕方がない。

　窓から外をのぞいてながめを存分に楽しんだあとは、これまた大きな書き机の椅子の座り心地を確かめ、続きの間二つを探検し戻ってくると、リシャールは寝台の上で書き物を何枚か並べて読み比べている。

　エンマも寝台によじ登りリシャールの隣に座った。しばらくしてこれでは違うとリシャールのひざの上によじ登り、丸くなってその居心地を確かめた。

　申し分ない。

（エンマの毛布）

　リシャールはじゃまにしたりせず、ひざの上のエンマを適当にあやしながらもう片方の手に持つ書き物に熱心に目を通している。

　エンマはすぐに退屈した。居心地が悪いわけではないが、もっとリシャールにかまってほしい。「ねえリシャール、何読んでるの？」

　そこに、とんとととんとちょっとかわったノックをして、返事を待たずにあの僧服の青年が書き物を持って入ってきた。

　リシャールのひざの上にいるエンマと目があった。

　さぞびっくりするだろうと思ったのに、青年はまったく表情をかえない。

　リシャールがいきなり何か小さなものを青年に投げた。

（コイン？）

　エンマの頭の上を通過していったコインを僧服の青年が片手で受け、反対の手で持っていた手紙をリシャールに手渡した。リシャールはその手紙を待ちかねていたらしく、エンマをひざからどけると、寝台の上にうつぶせに倒れて熱心に読みだした。

僧服の青年はリシャールの横に腰をおろすと、朝から一度も座っていなかったかのように肩でほっと息をついた。そしてリシャールに上半身を寄せ、手紙の文面を目で追っていった。

「見ろ」リシャールが寝そべったまま楽しげに指先で文面を叩いた。「言っていたとおりだ。イングランドめ、教皇を巻き込んできたぞ」

「本当だ」

僧服の青年はやや驚いた様子でいそがしく文字を目で追った。「猊下（げいか）に仲裁させてまで、ノルマンディーと和解したいなんて――」

「デンマークの侵攻をなんとかして止めたいんだ」

リシャールは僧服の青年に命じた。「例の修道院に探りを入れろ。イングランドがまた退去料（デーンゲルド）を払う気があるのか、それとももう限界か。おれは父上にスカンディナビアに探りを入れるように言う」

「スヴェンは、もうただの海賊の親玉ではないということですね」

「そうだ。デンマークという国を挙げてイングランドに攻め込むつもりだ」

（仲がいいなあ）

エンマも仲間に入りたかった。だが何の話かさっぱりわからない。

「ねえリシャール、この人はだあれ？」

「デュド?」リシャールは手紙から目を上げない。「デュドはおれ付の聴罪司祭（コンフェッシオ）だ」

「聴罪司祭？」

聞いたことがない。「何をする人？」

リシャールは初めて気づいたかのように顔を上げてデュドに尋ねた。

「何をする人だ」

デュドは手紙の文面をいそがしく追いながら、流れるようにリシャールに答えた。

「あなたが犯した罪の告白を聞き、赦免（しゃめん）を与えるのが、聴罪司祭である私の役目です」

ふうんとリシャールはうなずいた。

だが、エンマにはよくわからない。きっと難しい仕事に違いない。

「だからさっきのラテン語、あんなにきれいだったんだ」

淡褐色（ヘーゼル）の瞳を上げてデュドが軽く黙礼すると、リシャールが手紙を裏に返しながら冷ややかに言った。「デュドのラテン語はローマ仕込みだからな」

「わかった」

エンマは胸で手をあわせた。「ねえリシャール、オーランシュ先生をやめさせて」

さすがのリシャールも眉をひそめた。「オーランシュをやめさせる？」

「エンマ、今日からラテン語はこの人に習う。ここでね。だから今すぐオーランシュ先生をやめさせてくれないと」

リシャールとデュドはあきれた様子で顔を見合わせた。

先に笑顔になったのは、やはりリシャールだった。そして悔しそうに何かをデュドに手渡した。エンマはあわててデュドの手をこじあけた。

やはりコインだ。「何してるの？」

リシャールが肩をすくめた。「ただのお遊び（ゲーム）だ」

「エンマも入れて」

「お遊びだが勝負事だ。勝ち負けを楽しんでいる。おまえを入れるわけにはいかない」

二人は手紙に目を戻した。

＊

エンマはリシャールの部屋に通うようになった。すると、養育係モルガン夫人の眉間にまたしてもしわが現れた。「姫様どちらへ」

「リシャールのお部屋よ」

「また呼び捨てに——きちんとお兄様とお呼びしなければなりません。それに、リシャール様はこのノルマンディー公国を継がれるお方。子どもの相手をする暇などありません」

「でもね、デュドがラテン語を——」

「ああそんなまさかもったいない。いけませんよ。リシャール様付の聴罪司祭（コンフェッシオ）様がどんなお方でいらっしゃるか、姫様ご存じないでしょう」

「どんなお方なの？」

「まだお若いですが、ローマで修行された尊い身分の聖職者でいらっしゃいます。この先どれだけお偉くなられることか。ひょっとしたらローマに戻られて法王様になられるかも」

「デュドが？」エンマは驚いた。リシャールとコイン遊びばかりしてるのに？

「呼び捨てではなりません」

「どうしてだめなの？」

「だめだからです。だめなものはだめ！」

なぜだめなのか、きちんと説明してくれなければエンマにはわからない。

「どうして？」

モルガン夫人は真っ赤になって怒りだした。「ありえません。絶対にだめです。勝手にリシャール様のお部屋に行くこともも う許しません。だめなものはだめ！」

その夜は月が明るかったので、エンマはこっそり寝室を抜け出るとリシャールの部屋まで走っていった。

リシャールとデュドは、寝台の上で何かのボードゲームに熱中していて、エンマが寝台によじ登ったせいでぐらついた盤（ボード）をあわてて二人で支えた。エンマはかまわず泣きついた。

「リシャールのこと、リシャールって呼びたいの。呼んでいい？」

「どうでもいい」リシャールは盤の上の駒に気を取られながらうなずいた。

「でもモルガン夫人が絶対だめって言うの。モルガン夫人は、いっつもエンマにいじわるばかり言うの。今日もここに来させてくれなかったの」

話しながらどんどんこわくなった。もしモルガン夫人のせいで二度とリシャールに会えなくなったらどうしよう。生きてはいけないと、大げさでなく思った。

「いなくなっちゃえばいいのに」

するとリシャールは初めてエンマに顔を向けた。

なぜか瞳を大きく見開いている。「殺してくれとねだってるのか?」

「殺す?」

エンマは驚いた。「ううん、いなくなってほしいの」

「なんだ」

リシャールがまた盤に目を落としたので、あわててエンマは泣きついた。

「だって、もっとリシャールのそばにいたいのに、だめだって言うんだもん。どうしよう。モルガン夫人なんかもういなくなっちゃえばいい」

リシャールは面倒だったのだろう、盤から目を離さずに尋ねた。

「どのくらいの間いなくなればいいんだ」

エンマは考えた。どのくらいの間モルガン夫人がいなくなれば、こわくなくなるだろう。

「ずうっと」

「永遠に?」

「そう、ずうっと、永遠に」

*

四日後の朝。養育係のモルガン夫人が死んだ。

日が昇っても姿を見せなかったため、同僚が呼びに行くと、すでに寝台の中で冷たくなり始めていたという。眠っているような穏やかな死に顔だった。

遺体を納めた棺は、春に乳母やが埋葬されたのと同じ墓地に運ばれた。場所は少し離れていたが、四角く掘り下げられた深い墓穴と、日に焼けた男たち、そして土山に突き立てられた四本のシャベルにエンマの目は今日も釘付けになった。

するとリシャールがそっと耳打ちしてきた。「皆が泣いたら、泣くふりをしろ」

（そうか）

エンマは皆が泣くとあわてて真似をして顔を覆い、しくしくと泣くふりをした。悲しがって泣くふりは、それほど難しくなかった。

ほっとしていた。ただそれだけだ。

（これでリシャールのそばにいられる）

墓地から城に戻る途中、馬車に揺られながらリシャールがエンマに尋ねた。

「今日は泣けたか？　それともあれは泣き真似か」

「全部泣き真似」

「いいぞ」リシャールはおもしろがった。「うまくやったな」

とにかくエンマはモルガン夫人がいなくなってくれてほっとしていた。ありがとうと言いたかったので、リシャールに確かめた。「殺してくれたんでしょう？」

デュドがリシャールの表情を無言でうかがった。リシャールは言った。

「間違うなよエンマ。おれは優しいわけではない」

「優しい？」

目を背けたデュドが、小さく首を横に振った。「まだおわかりにならないかと」

「そうか」リシャールはうなずいた。「わからないのなら間違うはずもないな」

リシャールはあらためてエンマに尋ねた。

「どうしておれがこんなことをするかわかるか？」

エンマは考えた。「妹だから？」

「妹ならおまえの他にもいるし、腹違いの妹たちもたくさんいる。皆の言うことをいちいち聞いていたら、そのうちこのルーアンの城から女使用人はいなくなるな」

「じゃあ、かわいいから」

「かわいいな」

リシャールはエンマのほほにふれた。「この器量は武器になる。うまく育てばいずれ宝石にも値するだろう。だが、それだけではない」

エンマの青い目をのぞきこんだ。「おれたちは同種同族だ。同じにおいがする」

「におい？」

首をかしげたエンマにリシャールは言った。

「おれにも人の気持ちはわからない」

エンマは驚いた。「リシャールにもわからないの？」

「わからない。だから、墓で騒ぎを見たときすぐにわかった。おまえはおれと同じだ。人の気持ちがわからないんだとな」

「こわくない？　エンマこわい。すごくこわい」

「幼いころはこわかったし、多少苦労もした」

「今はこわくないの？　どうして？」

「たいしたことではないからだ」

リシャールはエンマに言い聞かせた。「たかが人の気持ちがわからないだけのことだ。ちょっと観察して推理すれば相手の気持ちなど簡単に読めるし、操ることだってできる。デュドもいる。何もこわがることはない」

リシャールはエンマをひざの上に抱き上げるとエンマのうなじに鼻を寄せた。

「ほら。おまえはおれと同じにおいがする」

そこでエンマもリシャールのにおいをかいでみた。

いいにおいがする。

『同種同族』だというのに、リシャールは何もこわがっていなかった。大丈夫だ。生きていけるとようやく安心できたエンマは、リシャールの首に両腕を回した。

（エンマの毛布）

しばらくすると、エンマがリシャールを呼び捨てにするのを叱る者はいなくなった。リシャールの部屋に通うのも黙認されるようになった。近い将来ノルマンディー公を継ぐリシャールが自由にやらせていることを、わざわざ注意しようとする者はいなかった。

五歳のエンマの養育は、すべて実兄リシャールの手にゆだねられた。するとエンマはすぐに自信に満ちあふれた見るも愛らしい公女となった。

ある夜、いつものようにデュド相手にボードゲームをするリシャールのひざの上で、エンマが丸くなってうつらうつらしていると、リシャールがつぶやいた。

「懐いたな」

デュドがチェス盤から目を離さないまま懐からコインを探り出し、黙ってリシャールに手渡した。エンマはふと思い出した。

「懐かないって、モルガン夫人が言った」

寝そべったまま胴をくねらせてリシャールの顔を見上げた。「エンマは絶対誰にも懐かないって、モルガン夫人がお母様に言ったの。どうしてあんなうそをお母さまに言ったの？」

「言わせておけばいい」

リシャールはチェス盤から目を離さないまま言った。「うそやきれいごとをきれいに並べたて、足場をかためたつもりになれないと生きていけない。哀れなやつらだ」

リシャールの言うことしか耳に入ってこない。もう泣くこともなかった。

（何があんなにこわかったんだろう）

リシャールという上質な毛布にくるまれ、エンマにはもう思い出すことさえできなかった。

二

狩りから男たちが戻ってきた。

ノルマンディー公の指揮の下、何日もかけて騎士たちが総出で仕掛ける大規模な狩りは、公国をあげての実戦訓練と言っていい。その姿は悠然たるものだ。百を超える馬体が、躍動しながら次々に目の前を通り過ぎていく。

初めて見た十歳のエンマはうっとりした。「きれい」

聴罪司祭（コンフェッシオ）デュドが隣でうなずいた。

「ノルマンディー公国の騎馬隊は、今、西ヨーロッパで最も恐れられています」

「でもどうして騎馬隊が強いの？」

「——と、言われますと？」

「だってデュドこないだ言ってなかった？　もともとは私たち、海賊（ヴァイキング）だったたって」

もともと北欧に居住していたノルマン人たちが、船団を仕立てて西ヨーロッパ沿岸に押し寄せるようになった。そして喫水線の浅い戦闘用のロング・シップでセーヌ川やロアール川の上流深くさかのぼっては、パリなど内陸の都市を略奪して回った。

八一四年にカール大帝を亡くし三つに分裂したフランク王国では、熾烈（しれつ）な権力争いが繰り返されていた。混乱に乗じてノルマン人はさらに大胆な襲撃を繰り返した。

　同じころ。

　ドーバー海峡の向こうのイングランドでは、アングロ゠サクソン朝の名君アルフレッド大王が国内を平定し、北海を渡ってくるノルマン人をことごとく撃退していた。ノルマン人は、やむなくその獰猛な矛先を西フランク王国の北岸に向けざるを得なかった。

　九一一年。

　追いつめられた西フランク国王は、ついにノルマン人にセーヌ川下流域での定住を許した。そして、形式上はフランス王の臣下だが、独立した支配権を持つ地方政権――公国を与えた。これがノルマンディー公国の始まりである。

「初代ノルマンディー公に封じられたロロ様も、もともとは、スカンディナビア半島をねぐらにする海賊の族長でした」

「リシャールとエンマの、ひいおじいさまね」

　うなずいたデュドは、一族の歴史をエンマに教えるようリシャールに言われている。

「ロロ様は大変な大柄だったそうで、馬に乗ると必ずつぶしてしまわれました。移動はすべて徒歩。ですので、またの名を徒歩公」

　好奇心旺盛なエンマは、デュドの話に瞳を輝かせた。「もっと聞かせて」

「ロロ様は、西フランク王国の王女を公妃に迎えられました。ですが二代目ギヨーム様をお産みになられたのはバイユー伯のご息女です。ギヨーム様は剣の達人でいらっしゃいました。ただしヴァイキングの剣ではなくフランス風の長い剣を使われたので、またの名を長剣公」

「そして三代目がお父様ね」

馬上の父――三代目ノルマンディー公リシャール一世をエンマはほれぼれと見た。

デュドはうなずいた。「公爵は『貴公子の中の貴公子』と呼ばれています。フランス国内だけではない。欧州のどこに行っても公爵ほど洗練された所作をされる方はおられません。ローマ教会にも一目置かれるほどです」

父に関しては初めて聞く話ではないが、何度聞いても気分がいい。『貴公子の中の貴公子』とは、なんといい響きだろう。

「ですが、公爵はご苦労もされています。ご存じでしたか」

「苦労？」

「九歳のとき、父君のギヨーム様をフランドル伯の配下に暗殺され、ご自身も独房に監禁されました。西フランク王に奪われたノルマンディー領を、デンマーク王やヴァイキングたちの力を借りて奪還したのは、公爵がまだ十四歳のときです」

エンマはまるで自分のことのように胸をどきどきさせた。「お父様すごい」

「はい。恐れを知らない（フィアレス）武勇の持ち主だと、諸侯から驚嘆されました。ですが、公爵様はフランス国内の政争には軽々しく介入されません。領内を治めることに力を注がれ、同盟のため当時のパリ伯ユーグ大公の公女――つまり、今のフランス国王ユーグ・カペー様の妹君を公妃に迎えられました」

「そうなんだ」

リシャールやエンマの母とは別の女性だ。いったいお父様には何人妻がいるのと聞こうとしたエンマを、デュドがやんわりおさえた。

「歴代のノルマンディー公が、西欧各地の名家から公妃を迎えられました。そうした政略結婚が重ねられるうち、北欧の海賊がフランス貴族へと生まれかわり、海賊船団が、このような重厚な騎馬隊へとかわったわけです。ただし、剛毅(ごうき)な気質まではかわりませんがね」

「剛毅？」

「口で説明するのは難しい。公国の外に一歩出ればすぐにわかるでしょう」

「ふうん」

そして四代目ノルマンディー公を継ぐはずの嫡男リシャールが、父公爵のそばで指揮を補佐している。

聡明で、体格にも恵まれ、礼儀正しく善良なリシャールが公爵家の跡取りであることは、誰にとっても喜ばしいことだった。『貴公子の中の貴公子』と呼ばれる父よりもさらに貴公子然としたリシャールにエンマはほれぼれと見とれた。

「リシャールすてき」

デュドもうなずいた。「今やノルマンディー公国はフランス領邦諸侯の中で最も強大な公国の一つとなりました。教会との関係もすこぶる良好です」

「なら、もう戦なんて起こらない？」

「そう簡単にはいきません。いくつもの火種が転がっています。例えばフランス国王陛下」

その八年前——九八七年。

迷走していた西フランク王国のカロリング王朝が、とうとう断絶した。

五十以上もの領邦諸侯がひしめく中、王位に就いたのはパリ伯ユーグ・カペーだった。フランス王国の誕生である。

しかし、カペー朝の王が所領するのはパリ周辺のイル＝ド＝フランス地方だけだ。

「国王陛下としては王領をもっともっと広げたい。そのため諸侯の領地を併合しようと、こちらの隙をうかがっています。少しも油断できません」

「でもさっき、お父様の公妃は、国王陛下の妹だって——」

「七年ほど前に亡くなられました。お子はいません」

「そうなんだ」

「デンマークの動きも案じられます」

デュドが木の枝の先で地面にさらさらと西欧の地図を描くと、エンマがヨーロッパから北に突き出た小さな半島を指さした。「ここね」

デュドはうなずいた。「先ほどお話ししたとおり、父上様は十代のころ、デンマーク王の力を借りてノルマンディー領を奪還しました。以来、デンマークはノルマンディー公国の港を船団の補給基地として利用しています。補給を終えたデンマーク船が、いったいどこを襲っているかご存じですか」

「どこ？」

「イングランドです」

デュドは西に浮かぶ島国を指した。「デンマークはまた襲撃を繰り返すはず。あの獰猛な海賊（ヴァイキング）たちとどう付き合っていくべきか、考えなければなりません。他にも火種がいくつかあります。フランスには野卑な領邦諸侯がひしめきあっている」

　デュドは小さく息をついた。

「ですが、今一番案じられる火種は、実はこのノルマンディー領内のあちこちですでにくすぶり始めています」

「この領内で？」

「農民たちです。不満を抱えています。いつ暴発してもおかしくない」

　エンマは思わず息をのんだ。

（もしリシャールが戦いで命を落としたらどうしよう）

　リシャールがいなくなることを思うと、エンマは身体（からだ）が震えてくるほどこわかった。ノルマンディー公国がもっと強くなればいい。でもそのためには何をどうすればいいのか、エンマにはまだ何一つわからなかった。

*

　その夜。

　昼間、きらびやかな騎馬隊を見て興奮し、そのあとデュドのこわい話を聞いたせいかエンマはなかなか寝付けなかった。いつものように部屋を抜け出しリシャールの部屋の大きいドアを両手であけると、リシャールの大きな寝台から変な声が聞こえてくる。

（デュド？）

まるで女みたいな声だ。エンマは可笑しかった。

（変な声――二人で今夜は何してるの？）

仲間に入りたくて寝台に駆け寄ったエンマは、リシャールの身体の下にいるのがデュドでないことに気づいた。

（デュドじゃない）

リシャールが動きを止めてエンマを見た。「どうした？」

落ち着きはらった声で言った。

「もうしばらく手があかない。毛布がほしいならデュドのところに行け」

エンマは弾けるようにドアへと走った。だが、廊下に飛び出そうとしてドアのところでもう一度リシャールを振り向いた。その時点ですでに涙と震えが止まらない。

「でも、デュドはどこ？」

「礼拝堂の隣だ」

エンマは逃げるように伯爵家族用の礼拝堂へと走った。同じ階の端から端へ、二回角を曲がるところで二回とも転んだ。暗い上に、あふれる涙で前がよく見えない。

礼拝堂の隣とリシャールは言ったが、それもよくわからなかった。礼拝堂の隣にあるのは納戸だけだ。エンマは薄暗い礼拝堂の真ん中に立ち尽くした。

「デュド」

身体が震え、うまく声が出ない。怯えたエンマはさらに泣けてきた。デュドは現れない。

「デュド」

名前を呼ぶたびに涙がこぼれた。そばにいてほしいのはデュドじゃない。リシャールだ。顔を覆って座り込んだエンマの泣き声を聞きつけたのか、デュドが顔をのぞきこんだ。

「どうされました」

「リシャールの寝台に——」

エンマはやっとのことで声を絞り出した。「女が、裸で」

そういうことかとデュドは髪をかき上げた。

「で、リシャール様は何と」

エンマはしゃくり上げた。「毛布がほしいなら、デュドのところに行けって」

小さく嘆息したデュドはエンマを抱き上げ、そのまま礼拝堂の隣の納戸に運び込んだ。エンマにはわからない。「どうして納戸に？」

デュドは笑顔になった。「ここが私の部屋です」

粗末（そまつ）な木の寝台の上にエンマを置いたデュドは、エンマを毛布でくるむと顔をのぞきこんだ。

エンマはしゃくり上げた。

「そうやって顔を見たら、エンマの気持ちがわかるの？」

「嫌悪——なんだろうと思ったが、そうじゃないようだ。不安そうな顔をしてらっしゃる。こんなに震えて——寒いですか？」

「こわい」

エンマはしゃくりあげた。「だってあんな女がいたら、もうリシャールのそばに行けない。デュド、殺してくれる？」

デュドは静かに首を横に振った。

「どうしよう」途方にくれたエンマは本格的に泣けてきた。「エンマの毛布になってくれるって言ったのに――エンマこわい。どうしよう――」

「ちょっと待って」

デュドはエンマを毛布でしっかりとくるみ直すと、部屋の隅の小さなかまどに立ち、手慣れた様子で香草茶を入れてくれた。知らない香りで、ほんの少し苦い――と思った次の瞬間、エンマは深い眠りに落ちていた。

*

話し声で目が覚めた。

リシャールの声だ。寝ているエンマの足元に座り、手にしたお椀(わん)で何か飲みながらデュドと話している。

デュドの寝台にいることを思い出すまで少し時間がかかった。

すると、衝撃がよみがえった。エンマは飛び起きあわててリシャールにしがみついた。

「女がいた、知らない女が」

「アヴォワーズの侍女らしい。おれもそれ以上は知らない」

「なんにも着てなかった」

「脱がせたからな」

「何してたの？」

「交わっていた」

リシャールはゆったりと一口飲んだ。「心身が発達すると、肉体が交わりを求める」

「だったらデュドと交わればいいのに」

「そうしようとしたこともある」

デュドが天を仰いだので、エンマはそっちに気を取られた。デュドが天を仰ぐようなことはめったにない。「どうしたのデュド」

うんざりした様子のデュドは、まずどちらに何を言うべきかちょっと迷ってから、とりあえずエンマに先に説明した。「子どものころの話です」

「いや」とリシャール。「それほど子どもではなかった。性的な衝動をどうにも抑えられなくなり、手近にいたデュドですませようとしたが、デュドが拒んだ」

「よろしいですか」

デュドは辟易（へきえき）するのをなんとか抑えながら二人に言い聞かせた。「リシャール様には何回もお話ししたはずですが、そうした性的な話は、みだりに人にはしないものです」

美しい兄妹はそろってきょとんとした。「どうして」

「しないからです。昼日中、人目につくところで交尾するのは獣だけです。人間ならしない」

確かに、とエンマは神妙にうなずいた。リシャールは首をひねった。

「まさかまだ怒っているのかデュド。もうあんなことはしないよ」

「当たり前です」

「もう衝動は抑えられるし、相手にも不自由していない。第一、どれだけおまえと交わっても子は授からん」

エンマはあわてて二人を止めた。「子どもを授かるために交わるの？」

「そうだ」

リシャールは飲みながらうなずいた。「そのために寝台に女を入れている。男女が交われば子を授かる。授からないときもある。おまえもそのうちおれの選んだ国に嫁ぎ、その土地の領主と交わることになる」

「やだ」

ぞっとしたエンマはリシャールに抱きついた。「エンマずっとリシャールのそばにいる。よその国で知らない人と交わるなんてやだ」

一瞬あったあと、いきなりリシャールは立ち上がった。ひざの上にいたエンマは寝台の上に転がされ、そのままころりと床に落ちた。

まるでかまうことなくリシャールはデュドの部屋をあとにした。

「リシャール？」

床の上でエンマはデュドを振り向いた。「どうしたの？　リシャール怒ったの？」

いや、とデュドはエンマを助け起こした。「本当に怒ったらこんなことではすまない」

「がっかりしたの？　エンマがいやだって言ったから？」

エンマはあわてて薄暗い廊下に飛び出したが、リシャールの姿はもう見えない。

「リシャール」

エンマは必死に廊下を追いかけた。角を曲がったところでようやくリシャールの後ろ姿が見えた。「リシャール」

半分泣きながら叫んだが、リシャールが足を止める気配はない。夢中で走ってようやく追いついたエンマは、リシャールの手をつかもうとした。

「リシャール」

よほど何か考え事をしているのか、リシャールは前だけ見ていて手をつなぐことができない。そのうちリシャールの長い足がからんでエンマは右肩から床板に叩きつけられた。

気づかないはずがないのに、リシャールは遠ざかっていく。

素裸で、雪の中に放り出されたように思えた。くるまる毛布がなければ、自分などすぐに死んでしまう。

「リシャール」

痛みをこらえて立ち上がったが、涙をこらえることはできなかった。自室の扉を開こうと立ち止まったリシャールの足になんとかすがりつくと、リシャールは今初めてエンマに気づいたように見下ろした。「何をしている」

「行く」

エンマは震えながら言った。「どこでも行く。リシャールの言うところに」

リシャールは確かめた。

「嫁ぐのか？」

うん、とうなずいた弾みで大粒の涙がこぼれた。

「なんだ。そうか」

リシャールはエンマを抱き上げてくれた。そして、追ってきたデュドを見て笑顔になった。

「続きから？　始めから？」

デュドは肩をすくめた。「始めからにしましょう。さっきの勝負（ゲーム）は勝ち負けがついてた」

「食べながら打とう。何か運ぶよう言ってきてくれ。交わるとやたらと腹が減る」

デュドは廊下の奥に消えた。

リシャールの寝台に裸の女はおらず、すでに使用人たちの手できれいに整え直されていた。リシャールはエンマを寝台の上におろすと盤（ボード）を持ってきた。

「このお遊び（ゲーム）がわかるか、エンマ」

「わからない」

「チェスという。東ローマからきたお遊び（ゲーム）だ。よくできている。盤の上は戦場だ。駒を動かして攻め、勝ち負けを決める」

リシャールは一つ一つ駒を置きながら言った。「おまえはおれの手駒の一つだ」

「手駒？」

「盤の上に乗らないなら持っていても意味がない。二度とおれをがっかりさせるな」

エンマはチェス盤の上を見ながら声もなかった。

リシャールのそばにいるというのに身震いが止まらない。こんなことは初めてだ。

「どうした。寒いのか？」

エンマはやっとの思いで声を絞り出した。

「こわい」

リシャールはエンマをひざの上に抱き上げてくれた。リシャールのひざに乗ってさえ、エンマは震えを止めることができなかった。

＊

数日後。

その夜も寝付けなかったエンマは、リシャールの部屋に行ってみた。

また寝台に裸の女がいる。先日とは別の女だ。目の前にエンマが立っているのに気づいてあわてふためいたあげく、寝台の反対側に派手に落ちた。

デュドのところに行けと言われる前に、エンマはデュドの部屋に向かった。

粗末な扉をあけて驚いた。パンを焼くような香ばしい小麦のにおいがする。

「何作ってるのデュド、お夜食？」

デュドはかまどで脚付きの小さなフライパン片手に何かを焼いていた。駆け寄ったエンマはデュドの背中に張り付いた。「エンマも、エンマも」

「いけません」

デュドは追い払った。「公爵家の姫君が食べるようなものではありません」

がっかりさせられたエンマは、他に座るところもないので寝台に腰をおろした。

香ばしいにおいに誘われたのか、デュドの足元にネズミが二、三匹来ていた。デュドは慣れた様子で焼いたものを小さく砕いてやっている。エンマはますますおもしろくない。

「エンマも食べる」

「公爵家の姫君は、食べものをねだったりしません」

「デュドのいじわる」エンマは口をとがらせたが、いくらごねたところでくれるようなデュドではなかった。「つまんない」

寝台の上にころがったエンマは、昔、自分も同じようにネズミに食べものをやっていたことを思い出した。養育係のモルガン夫人に閉じ込められた納戸の床板はひんやりと冷たくて、毛布一枚なかった。そこにリシャールがきて、言ってくれたのだ。毛布になってやってもいいと。

「やだな」

エンマはおもしろくなくて寝台の上をごろごろした。

「リシャールのそばにいるのは、エンマとデュドだけでいいのに」

「私はいてもよろしいのですか」

「いたほうがいい。だって、デュドとチェスをしたり話してるリシャールを見てるのが好きなんだもん——でもデュド、いつかローマに行っちゃう？」

「ローマに？」

「モルガン夫人が言ってた。デュドはいつかローマに戻るかもって」

ああ、その話かとデュドは肩をすくめた。「行きませんよ。私はずっとここにいます」

「リシャールのそばに？」

デュドの口元が少し微笑んだように見えた。

人が笑顔になるのは、うれしいときだと、エンマはデュドに教わった。

だがうれしいときは必ず声も弾むと教わったのに、デュドの声は沈んだままだ。

「リシャール様は、国を治めるために必要な資質をすべて持ってらっしゃいます。物事の先の先を読み、最善の策を選び、躊躇なく実行できるお方です。ノルマンディー公を継がれた折には、無益な戦をなくし、西ヨーロッパの混乱を治めてくださるでしょう。しかし、些細な欠陥がある。目の前にいる人間の気持ちがわかりません、人に共感できないのです」

小さく息をついた。「欠陥があるのなら誰かが補えばいいだけのこと。私はそのために生涯お仕えするつもりです」

「でもデュドは神様にもお仕えしてるんでしょう？」

あ――とエンマはデュドの額を指さした。「眉が、今、ほんの少し真ん中に動いた。それってどういう気持ち？」

デュドはからりとした笑顔をエンマに見せた。そして一言だけ言った。

「結局神は、何もしてくださらないのです」

言葉の意味は理解できた――神は何もしてくれない。だが、いったいどういう気持ちでデュドがそんなことを口にしたのか、エンマには理解することができなかった。

しばらくするとリシャールの部屋付の下男が来て、デュドを呼んでいるという。デュドは焼いていたパンをすべて火の中に投げ込みエンマといっしょにリシャールの部屋に向かった。

裸の女の姿はもうどこにもなく、寝台もきれいに整えられ、リシャールは何か飲みながらチェス盤に駒を並べている。

エンマはいつものようにリシャールのひざに上がり、二人がチェスをするのを寝そべりながらぼんやりとながめた。リシャールの手が時折思い出したように撫でてくれたりするうち、そのまま寝てしまう夜もあるが、今夜は寝付けない。

（チェスの駒）

手駒として使えると思ったから、リシャールはエンマを納戸から出したのだ。

だがこうして見ていると、チェスの駒と言ってもいろいろな駒がある。自分はいったいどの駒だろう。

いつになくじっと盤上を見つめているエンマにデュドが気づいた。「どうされました」

ほら、とエンマは駒を指さした。

「大きいのや小さいのがある」

「ええ」

「小さい駒は、すぐに取られていなくなっちゃうけど、ここらへんの大きい駒はいつも最後まで盤の上に残ってる——どうして？　取られないように大事にしてるからでしょう？」

「そうですね」

「どうして大事にするの？」

「王(ロワ)は——」デュドは一番大きな駒を指先で示した。「これを取られたら負けです。勝負がついてしまうのでもちろん大事です」

エンマはうなずいた。これがリシャールだ。

「ですが、王(ロワ)一つでは勝てません。王のそばをかためる強い手駒も大事です」

やっぱりとエンマはうなずいた。

「強いから、王のそばに残して大事にするんだ——エンマ強い？」

当然デュドにはその質問の意味がわからない。エンマはリシャールを振り仰いだ。

「ねえリシャール、エンマ強い？」

リシャールは駒を動かしながら微笑んだ。

「何かと思ったら、その話か」

デュドが眉をひそめてリシャールに尋ねた。「何の話です」

「何日か前に言ったんだ。エンマはおれの手駒の一つだとな」

「ひどいことを」

デュドは小さく嘆息した。「お考えをそのまま口にされれば、人心を失いかねません」

「そうだな」リシャールはうなずいた。「まずかった。気をつける」

ねえ、とエンマはリシャールのひざをゆさぶった。

「エンマはよその国に嫁ぐんだから強いんでしょう？」

「嫁ぐだけなら、どんな女にでもできる」リシャールは駒を動かした。「強いか弱いかは、その女が嫁いでからの働き次第だ。強い手駒ならば大事にする。よその国に嫁いだあとでもずっと大事にするだろう」

エンマは驚いた。「ずっと？」

「ああ」

「離れてても？」

「ああ」

　エンマが物事をこれほど真剣に尋ねたことはない。「どうしたら強い駒になれる？　エンマ強い駒になりたい」

　リシャールは手を止めた。

　そしてひざの上からエンマを抱きおろした。チェス盤の駒がいくつか倒れたがかまわずにエンマの顔を見つめ、そしてデュドに尋ねた。「エンマをどう思う」

「姫様は天使です」

　デュドはにこりともせず答えた。「声だけが惜しい。舌足らずなのは今のうちはご愛嬌ですが、音が低くてかすれている。はすっぱな印象を与えかねません」

　と言ってからデュドは目を伏せエンマに詫びた。「失礼」

「何が？」

「今私は、姫様の欠点だと思われる点をいくつか指摘しました。普通ならおもしろくない」

　納得したエンマは、一つ咳払いしてできるだけかわいらしく言った。

「大丈夫。なんとも思わないから何でも言って――声には気をつける」

「優しい感じで」

　エンマはにこりとした。「気をつけます」

　リシャールはエンマをながめている。「もう少し、全体的にふくよかにならんかな。鑑賞する分には申し分ないが、自分の子種を仕込むとなると話は別だ。骨組みが脆弱すぎる」

「納戸から出したとき姫様は五歳でしたが、とても五歳児の体つきではありませんでした。幼児期の栄養不足は取り返しがつきません。ですが、語学に関しては天賦の才があります」

「オーランシュが陰謀だと騒いだのも無理ないな」

エンマが首をかしげたので、デュドが説明した。

「これほどラテン語がお得意な姫様を、修道院に入れてしまうなど、誰かの陰謀ではないかとオーランシュ先生が嘆かれたのです。それで一応確かめてみようと、あの納戸に」

「そうだったの」

刺繍や乗馬、楽器などエンマの苦手はいろいろあったが、言葉を習うのだけは苦にならなかった。聖書の言語であり西ヨーロッパの公用語ともいえるラテン語を、エンマは不思議なほどたやすく吸収した。今は教師をつけてノルマンなまりのないフランス語や、古イタリア語やドイツ語まで苦もなく学び始めている。

デュドは言った。「語学に長けていればもちろん他国に嫁いだとき有利です。外交的にも武器になります。客人をもてなし情報を得るためには、その方の母国語で話すのが一番」

リシャールはデュドのひざを枕に寝そべった。

「父上の公妃だった女は――同盟のためにユーグ大公がパリから送り込んできた娘だったが、何年たってもノルマン・フレンチ（ノルマンディーで話されているノルマンなまりのフランス語）が使えるようにならなかった。父上や家臣団の心をつかめなかったから、ユーグ大公にこちらの情報を何一つ流せなかったし、ユーグ大公のいいように父上を操ることももちろんできなかった。美貌の持ち主でもなく、晩餐会の華になるどころか、大広間のどこにいるのかさがす始末だ。父上の寵愛を、母上や他の愛人たちから奪い取ることもできず、一人の子どもも残せなかった。さらに悪いことには早死にし、同盟関係も早々に切れた。結局嫁いできただけで、何の役にもたたない弱い駒だった。あれには父親のユーグ大公も兄のユーグ・カペーも、さぞがっかりさせられたに違いない」

リシャールはひざの上からデュドを見上げた。「つまり何だ。一言で言うと――」

デュドは目を閉じた。「――女性としての魅力に欠けていらっしゃいました」

「それだ」

人差し指を立てたリシャールにエンマは確かめた。

「じゃあ、お母様には『女性としての魅力』があるのね？」

「ないな」リシャールはにべもない。「確かめるわけにはいかんが、母上が魅力的なのは寝台の上でだけだ。おまえが今学べる要素は何もない」

「じゃあ誰から学べばいい？　エンマ会いたい。『女性としての魅力』があるのは誰？」

「このルーアンの宮廷でか」

リシャールとデュドはそろってしばらく考え込んだ。だが思い当たらなかったらしい。

「おい」

リシャールがにこりとしながらデュドを見た。「いい考えがある」

察したデュドは苦しげに眉を寄せ、嘆息しながら胸で小さく十字を切った。

三

その三日後。

船でセーヌを下りながら、三人は着替えた。

黒い僧服を脱ぎ捨てて商人風の服を着たデュドは、僧服姿よりもずっと若く年相応に見えた。

リシャールも着替えて大きな商家の若旦那風になった。

エンマは、下働きの小僧のような粗末な服を渡されたのでそれに着替えた。デュドがエンマの髪を束ねて帽子の中につっこむと、使い走りの少年にしか見えない。

セーヌ川左岸の河口、オンフルールの船泊まりで三人が船をおりたときには、すでにあたりは薄暗くなっていた。

ある店の前まで来ると、デュドがエンマに小声で念を押した。「くれぐれもここではリシャール様をお名前で呼ばないよう。できれば私の名も」

「デュドの名のほうがまずい」リシャールがくすりとした。「こんな店に出入りしてるのがばれたら、教皇猊下に破門されるぞ」

「誰が出入りさせるんです。こんな店に」

いまいましげにデュドが肩で扉を押し開くと、店内は無数のろうそくの明かりがついてまるで昼間のようだ。仕事を終えた男たちが飲んでいる中に派手な服を着た女たちがちらほら交じり、賑やかさと猥雑さを増している。

入ってすぐのところで「まあ若旦那さん」と歓待され、一番奥のテーブルに案内された。デュドがテーブルの上のろうそくの数を減らしながら店の者に言った。「女将を」

エンマは当たり前のようにリシャールのすぐ隣に座ろうとして、「そこに立ってろ」と言いつけられた。

薄暗い隅に立ったまま、エンマはきょろきょろあたりを見回した。きれいな女性があちらでもこちらでも笑いさざめいていた。みんな『女性としての魅力』にあふれているように見える。

すぐに一人の女性がやってきた。「まあ若旦那さん」

この美貌の女将に引き合わせるために、こんなところまで連れてきたのだとエンマは思った。

だがリシャールはいきなりエンマを女将の前に突き出した。

「いくらで買う?」

「なあに、こんなところでご商売?」

あきれながらも女将の目はすでに十歳のエンマを値踏みし始めている。ろうそくを手に持ちまずエンマの顔を照らした。「上玉ね」

もちろん少年ではないと見抜いているが、まさかリシャールの実の妹とは思わないから無造作に胸や腰回りを手でまさぐり、帽子の下の金髪を染めてないか確かめ、唇をこじあけ歯並びまで念入りに確かめた。「言葉は?」

「ノルマン・フレンチを話す」

女将はやや肩を落とした。「八百」

かなり満足そうなリシャールを女将はにらんだ。「売る気なんかないんでしょう」

「いい女に育てたい」

「なんていやらしいの」

あきれながらも女将は笑顔になった。「指南役なら、ロクサリーヌを呼びましょうか」

「いいな」

デュドが革袋を女将に手渡すと、中の硬貨が音を立てた。

女将は店の者に短く指示を出した。リシャールと世間話——デンマークの船員の様子や、イングランド王の噂話をしているうち、酒と料理が運ばれてきた。

しばらくして娘が一人現れ、ごめんなさい遅くなってと謝りながらリシャールの隣に座った。そしてリシャールの肩に額を寄せエンマを見た。「きれいな子」

「ただの人形だ」

リシャールは干し肉をつまみながら言った。「男どもを落とす手管を覚えさせたい」

「いいんですか？」

娘はいかにも楽しそうにくすくす笑いだした。そしてリシャールを笑顔でおどした。「知りませんからね。若旦那さんの手に負えなくなっちゃっても」

「楽しみだ」リシャールは不敵な笑みを返した。

娘は、エンマの前に笑顔で座った。「こんにちは。よろしくね」

どうやら彼女が今夜の指南役らしい。

きれいなドレスに身を包んではいたが、驚くほど美人というわけではない。この程度なら宮廷の下女たちの中にもいる。しかしその笑顔はなんとも親しみやすく、じっとエンマを見つめる黒く澄んだ瞳が知的だった。「年は？」

「十歳」

「少し損な声ね。でも何とでもなる」

オンフルールでも一、二を争う高級娼婦ロクサリーヌは、エンマを自分の隣に座らせると、賑わいだした店内をいっしょに見回していった。

「まずはね、よく観察するの。お客さんの落とし方は一人一人違う──ほら、あんなふうに見事な体つきを見せびらかしたいお客さんには、その体つきにとりあえずうっとりしてあげて。さわってあげればもっと喜ぶ。そこのお客さんはすごく横柄そうでしょう？　でも赤いドレスの娼婦がいやな顔一つせず思い切りおだててる。自分のおじいちゃんだと思っておだてであげていればそのうち落ちる。その奥に座ってるお客さんは──そうね、とりあえずあのめずらしい帽子をほめる。あの人見て、包帯してる。けがしてたりどこかが痛いって訴えるお客さんには、必ず心配そうに手を当ててあげて、事情をきいて、いたわるふりをして──優しいことを言うお客さんは、まず間違いなく母親が泣き所よ。母親の話をどんどんさせて、あこがれるふりをして。おしゃべり好きなお客さんには、いちいち大げさに驚いて盛り上げてあげて。話の腰を折っちゃだめ──あっちのテーブルの赤毛のお客さんはどう思う？」

エンマは観察した。「落ち込んでる？」

「そう。きっと今日何かあったのよ。ちょっとだけ叱ってあげてから、思い切り優しく──こっちのお客さんは？」

「真面目（まじめ）そうです」

「そう。堅物よ。むりやりここに連れてこられたのかも。さあどうしましょう。あえてこちらの弱みを見せるとか。ぽろっと悩みごとをこぼしたり、涙なんか見せると効くんだけど」

「泣き真似？」

「だめ。必ず涙を見せなくては。目をうるうるさせるだけで、あの手のお客さんは落ちる」

「涙を出すには――」

「泣いたことある？」

　エンマはうなずいた。

「そのときのことを思い出しなさい。私にはそれが一番手っ取り早い」

　堅物の隣にいる客には、これといった特徴がない。

「もし観察してもわからなかったら？」

「とりあえずお話ししながらあれこれ餌（えさ）をちらつかせる。あれこれちらつかせれば、そのうち何かに食いついてくる。だからふだんから情報はたくさん仕入れておくこと」

「どこから？」

「お店の人、使用人とか、出入りの業者、船乗り、船大工（ふなだいく）――要するに誰からでも。もちろんお客さんからも。男の人って他のお客さんがああしたこうしたって話を聞くのが好きよ」

「でも、それって他のお客さんに話しちゃっていいんですか？」

「そう。難しいのはそこ」

高級娼婦はエンマの頭の回転のよさに感心したようだ。「おしゃべり女を好きな男はいない。他のお客さんのことを洗いざらいぺらぺら話したら、警戒して自分のことは話さなくなる。情報は、よくよく考え抜いたうえでちらつかせるだけにすること」

「難しい」

「そうよ。難しいからこそ、さらっとできるようになりなさい。できるようになれば、女でも自分自身を養っていける」

どうしてリシャールがこんなところまで連れてきたのか、エンマにはわかった気がした。

「賢い子ですね」と高級娼婦はリシャールに言った。

「でもその賢さを前に出すのもだめ。お客さんがあなたをかわいがれなくなる」

「ばかっぽいほうがいいの？」

「どういう女を演じるかは、相手次第。教養のある女をほしがるお客さんもいる」

「教養？」

「そう。歴史を知っていれば武器になる。経済がわかる女はおもしろがられる。でも下手な教養ならいらない。一番いらないのは宗教ね」

すこぶる愉快そうなリシャールの隣で、デュドは聞こえなかったふりをしている。

高級娼婦はエンマに言った。

「基本的には、お客さんには甘えればいい。でも、そうじゃないお客さんもたまにいる。私はね、こちらの若旦那さんには甘えない。若旦那さんにべたべたするのは逆効果」

リシャールは心外そうに肩をすくめたが、デュドはうんうんとうなずいた。

エンマにはわからない。「甘えないほうがいいの？」

「そう。甘えても喜ばないとわかったから、私はすぐに切り替えた」

「何に切り替えた？」

「ずっと大事にしてもらいたい？」

「うん」

それこそエンマが日々考えあぐねていることだった。リシャールにずっと大事にしてもらうためには、いったいどうしたらいい？

高級娼婦は教えてくれた。「それなら、若旦那さんが自分に求めていることをきっちり理解して、最初から最後まですべてそのとおりにして差し上げること。そうすれば喜んでいただける」

リシャールは満足そうにうなずいた。「おまえはいつもおれを喜ばせてくれる」

「寝台の上のことも教えるんですか？」

「そのうちにな」

はい、と美しいまつげを伏せた高級娼婦にエンマは思わず聞いた。

「好きなの？」

リシャールのこと――と聞きたかったが、名前を言ってはいけないのでエンマはやむなくリシャールを目で指した。「この人のこと」

高級娼婦は迷うことなくうなずいた。「もちろん。大好き。でも、恋には落ちないよう、すごく気をつけてる。特にこちらの若旦那さんは、私たちが絶対に恋してはならない人」

でしょう？　とリシャールに目を細めてみせた。

「恋してはならない人に恋してしまったら、いずれ、ただの恋ではすまなくなる。まわりが見えなくなる」

「どうして？」

「わからない」

高級娼婦は小さなため息をついた。「理由がわからないからこそ、なおさらこわい。わけもわからずにまわりが見えなくなれば、結局大好きな若旦那さんにも迷惑をかけてしまうでしょう？　だから――」

「さすがだな」

リシャールはエンマには向けたことがないような優しい眼差（まなざ）しで彼女を称賛した。

エンマは理解させられた。リシャールに大事にされたいなら、このロクサリーヌから学べばいい。「もっといろいろ教えてください」

酒場にたむろする酔客たちを教材に、もうしばらくエンマは彼女の講義を受け続けた。熱心に学習するうち、店に客が増えてきた。デュドが危ぶんだ。

「今日はこの辺にしましょう」

案の定、一人の酔っぱらいが、ロクサリーヌを見つけてからんでこようとした。立ち上がった女将が上手になだめ、そのままなんなく遠ざけようとしたそのとき。

「臭いな」リシャールが顔をゆがめて目の前の男を手で払った。「なんてにおいだ。ここは家畜小屋か？　この豚男をどこかに追い出せ」

酔っぱらいが顔色をかえるのも無理はない。連れも加わり「謝れ」と迫ったがリシャールには謝る理由がさっぱりわからない。ますますかっとなった男がけんか腰で迫り、リシャールに酒を浴びせられてとうとうあたりが騒然となった。

呆然と見ていたエンマも当然巻き込まれた。何かが当たったはずみで、かぶされていた貧相な帽子が落ち、長い金髪があらわになった。

「おいこいつ娘だ――おい、すごい上玉じゃないか、ほら見ろよ」

驚いた男たちは、かばおうとしたロクサリーヌもろともエンマを明るいほうに引っ張り出してしまった。当然周囲の注目が集まった。「新入りの高級娼婦か？」

すると、最初の酔っ払いがエンマを後ろから抱きかかえて脅かすようにリシャールに向けた。

エンマは顔をしかめた。

(ほんとだ。すっごく臭い)

これっていったいなんの臭い？　――と聞こうとしたエンマのほほを、男が抜き身の短剣でぴたぴたと叩き出した。「おまえさんの大事な商品なんだろう？　傷物にされたくなかったら、とりあえず詫びを入れてもらおうじゃないか」

エンマはこのとき初めて見た。

あのリシャールが、手も足も出ないで突っ立っている。酔っ払いの安っぽい短剣一本が、リシャールともあろうものを窮地に陥れるなんて。

(短剣ってすごい。エンマもほしい)

その短剣が突然床に落ち、男が腰から砕けた。

へたへたっと座り込んだ男を背後から支えていたのは、デュドだった。愉快そうに何か嘆くとあたりの酔っぱらいたちがどっと笑い、場の緊張が解けた。

港の労働者が使うような砕けた言葉をデュドが使ったことにエンマは少し遅れて気づいた。くわしい意味まではわからない。

デュドが口にしたのと同じ言葉を、調子よくロクサリーヌが口ずさんだ。酔っ払いたちが喜んで手を打ちだすと、ロクサリーヌは楽しそうに踊り出し、とうとうテーブルに上がってそのまま裾をからげて妖艶に踊り出した。

「こっち」

男たちといっしょにうっとりロクサリーヌに見とれていたエンマの腕を、女将がつかんで引っ張った。デュドはぐったりした男をベンチに横たえたが、息をしているようにはエンマには見えなかった。「あの人どうしたの。お酒を飲みすぎたの？」

女将は無言で小さな十字を切った。

そのまま女将に引きずられるようにして、裏の出口から店の外へと出た。すぐにデュドとリシャールも現れた。船がつけてある船泊まりまで送ってきた女将が、夜風に吹かれながらリシャールに言った。

「その子、若旦那さんが飽きたら、うちが買い受けますから覚えておいてくださいな」

リシャールは振り向いた。「飽きると思うか？」

「上玉ですよ」

女将はエンマに目をくれた。「頭だって決して悪くない。だけど、あんな騒ぎになってもどこか上の空なのよね。なんて言うか――お人形さんみたい」

どきりとしたエンマは、どうしようとリシャールを見た。

だがリシャールは満足そうにうなずいた。

「いいんだ。人形でいい」

「そうね」女将の目も細くなった。「またいつでも連れてきて。お待ちしてます」

船に戻って船室に入るなり、リシャールが上機嫌で言った。

「八百とはな」

自分につけられた値段だ。「高いの？　安いの？」

「思ったより高かった。ノルマン・フレンチ以外にも話せると言ったらいったいいくらをつけたかな」

デュドは返事せず、上着を脱ぐなり船窓からセーヌ川に投げ捨てた。そして深く息をついた。

「ああ、なんてにおいだ」

リシャールは、すでに遠征の収穫に祝杯をあげている。

「高級娼婦からは得るものが多い」

「ですが忘れないで」

デュドはエンマにドレスを押しつけた。「姫様は高級娼婦ではありません。ノルマンディー公爵家の姫君です。どんな相手を落とす場合にも、品位を失ってはなりません」

リシャールは楽しそうだ。「そうおどかすな」

「おどします。間違ってもリシャール様の顔に泥を塗ることのないよう――早くその服を脱いで窓から捨てて」デュドは背中を向けた。

「ねえリシャール」エンマは粗末な服を脱ぎ捨てながら言った。「エンマ今日たくさん学んだでしょう？　ご褒美がほしい」

「何がほしくなった」

「短剣」

苦笑したリシャールは、自分の短剣を投げ与えた。

「八百もする値打ちものに、傷などつけるなよ」

細身の短剣の鞘の上で、ノルマンディー公国の紋章であるヒョウがエンマを見ている。エンマは笑顔になった。

＊

男を落とす手管はだいたい覚えた。つぎは実践するしかない。

祖父公爵の代から仕えているサルドは、数々の戦場の最前線で戦ってきた歴戦の老勇士だ。ノルマンディー公国を支える大事な忠臣の一人だが、まだ姫君エンマとは口をきいたことがない。それどころか、自分の女孫でさえうるさいと追い払うやっかいな偏屈老人だ。

今も一人、大広間で歓談する若い連中を、むっつりとにらみつけている。恐れをなして話しかける者はいない。

「やつの馬の名だ。へんな名前ばかりつけるわけを聞き出してこい」

課題を与えられたエンマは大広間に放たれた。月に一度の昼食会のあと、余興が始まるまでの待ち時間はそれほど長くない。

　ロクサリーヌに教わったとおり、エンマはとりあえず老サルドを観察した。少し離れて横から彼を見、何をしてほしくてここにいるのか考えた――もちろんわかるはずがない。

（じゃあ、お話ししてみよう）

　かろうじて餌はある。十歳のエンマはとことこと近づいた。「ねえサルド」

「これは姫様。どうかされましたか」

「エンマね、この前、騎馬隊が狩りから戻ってくるところを初めて見たの」

「ほう」

「サルド、お父様やラウル叔父様のすぐ隣にいたでしょ」

「はあ」

　堂々たる騎馬隊の行軍を思い出したエンマはまた胸を高鳴らせた。「聴罪司祭様（コンフェッシオ）がね、ノルマンディーの騎馬隊が一番強いんだって言ってた」

　さすがのサルドもやや表情をゆるめた。「デュド様が言われるのならまず間違いないでしょう。お若いがあちこち見てらっしゃるお方だ」

「サルドもいろいろな国に行った？　お父様たちといっしょに」

　サルドはうなずいた。「戦うため」

　父公爵がこのノルマンディー領を西フランク王から奪還するまで、ずっとそばで支えたのが彼だとエンマはデュドから教わっている。そうか、と深々とうなずいた。

「だからノルマンディーは強いのね」

エンマは老勇士のたくましい腕にふれ本当に驚いた。「棍棒みたい」

思わずサルドも相好を崩した。

それから五分もしないうち、リシャールとデュドの前を通り過ぎながらエンマは笑顔で手を振った。

「サルドがお馬に乗せてくれるの。へんてこな名前の」

老騎士サルドが大口をあけて笑いながら、エンマと手をつないでいそいそと広間を出ていく。

呆然と見送ったデュドは、少ししてリシャールが手を出しているのに気づき、黙ってコインを置いた。

それからしばらく、エンマは父公爵に仕える忠臣たちを何人か練習台にした。すぐにリシャールはやめさせた。「簡単すぎて練習にならん」

その週、たまたまルーアンの宮廷にブルターニュ公国から来た使者が滞在していた。

来春、エンマの姉アヴォワーズがブルターニュ公に嫁ぐのであれこれ打ち合わせに来ているのだが、晩餐を共にしながらどうも表情がかたい。

隣国ブルターニュとの縁組みは重要だ。父ノルマンディー公らももちろん気にしたし、リシャールとデュドも首をひねった。

「何か思惑の違いがあったかな」

エンマはデュドに小声で確かめた。「あの人、眉がずうっと顔の真ん中に寄ったままなんだけどあれのこと？　何かおもしろくないってことでしょう？　違う？　あってる？」

リシャールが妙に感心した。「デュドの使い方がわかってきたようだな」

エンマはほめられてうれしがったが、デュドはにこりともしない。

「確かに、到着された当初から何かにいらだっているご様子です。以前お目にかかったときはもっと快活な方だと思ったが――」

あらためてエンマはブルターニュ公の使者を観察した。

料理があらかた終わり、歓談中だから、近づいて話しかけるのは難しくなさそうだ。

しかし、国外からの客人を相手にするのは初めてだ。それに、国外からの客人と話すのはその人の母国語で話すのが一番だと言われあれこれ勉強していたのに、ブルターニュで話されるブルトン語だけは習っていない。習わなくていいと言ったのはデュドだ。

そのデュドが尋ねた。

「姫様ブルトン語まではお話しになられませんよね」

エンマは口をとがらせた。「だってデュドが言った。ブルターニュにはアヴォワーズが嫁ぐから、ブルトン語は習わなくていいって」

「あの方は、ノルマン・フレンチは話されません。もちろん通訳はそばにいますが――ですが実は、パリの宮廷に長くおられたお方です」

つまり、パリで使われるノルマンなまりのないフランス語で話してみろということだ。エンマは笑顔になった。「やってみる」

とりあえず、使者のおしゃれな帽子を見ながらエンマはいったんすぐ横を通り過ぎた。そして引き返してノルマン・フレンチで声をかけた。「これって何の鳥の羽でしょう」

だがデュドが言ったとおり、使者にはノルマン・フレンチが通じない。

「ごめんなさい」エンマはフランス語で謝った。「私、ブルトン語がわからなくて」

「おや姫様、フランス語を？」

「少しだけ」エンマは使者がフランス語を話すのを聞いて喜ぶ素振りをした。「これ、何の鳥の羽かなあと思って。なんてすてきなんでしょう」

まだ多少たどたどしいフランス語で一生懸命に話そうとする姫の姿が、かえってブルターニュ公の使者の心をつかんだ。彼は帽子を取って立ち上がると、自慢の羽根飾りを見せながらフランス語でゆっくりと丁寧に解説し、エンマは合いの手を入れながら熱心に聞き入った。通訳の割り込む余地はまるでない。

少しして、使者は通訳をどかせるとその席に座るようエンマにうながした。そのままパリの宮廷でのおしゃれ話や、姉が嫁ぐブルターニュの話などがあれこれ楽しく続けられた。何しろ十歳の娘が相手なので、使者にとっては気楽なものだ。緊張もしないし警戒感も薄い。しかし、やはり時々思い出したように使者の眉間にしわが寄る。

エンマは思い切って指摘してみた。

「ごめんなさい、こわい顔をされるのは、私みたいな子どもが相手だからですよね。私、つい楽しくっていつまでも――」

腰を浮かせたエンマを、あわてて使者は引き止めた。「お詫びするのはこちらです。姫様のような方が相手をしてくださっているのに、渋面（じゅうめん）をお見せするなんて――」

そのまま二人は晩餐会がすっかりお開きになるまで楽しく話しこんだ。

夜が更け、皆が寝静まったあと、エンマはリシャールの部屋に顔を出した。

「歯が痛いんだって」

リシャールはなあんだと肩をすくめ、デュドは頭を垂れた。「薬草を煎じて届けます」

「だめよ。エンマと使者様だけの秘密なのにデュドが届けたりしたらだめ。エンマがこっそり持っていくから用意して」

「わかりました」

エンマはリシャールに手を出した。

「何だ」

「コイン」

リシャールがエンマにくれたのは、このあたりでは見かけないコインだった。

「バグダードのコインだ」

北欧の海賊がセーヌ河畔でさらった女子どもをイスラム王朝で売りとばして得たコインをエンマはしみじみと見つめた。記念すべき大事なコインだ。うれしくてならない。

「リシャールから初めて勝ち取ったコイン」

「違うな」

リシャールはチェス盤から目を離さない。「それは情報に対する報酬だ。おまえが勝ったわけではない」

そうかとエンマは肩を落とした。

「エンマもあのお遊びがやりたいな。いつもデュドとリシャールがやってるやつ」

「お遊びでも勝負事だ。コインを賭けて負ければ失う。勝ち負けを楽しめるか?」

エンマは笑顔でうなずいた。「このコインを賭ける。エンマも入れて」

＊

その数日後。

落としてみろ、とリシャールが楽しげに示したのは、ローマ教皇庁からの客人だ。

「手強(てごわ)いぞ」

デュドは渋い顔だ。「賭けになどなりません。ピランデッロ様はクリュニー修道院で厳格な修行を積まれ、神に仕える道を純粋に志されています。いくら姫様でも手も足も出ません」

「おれも落ちないほうに賭ける」

どうする？　乗るのか？　とエンマを見たがエンマにはわからない。

「落ちるってどういうこと？　ピランデッロ様がどうなったら落ちたってことになるの？　また何か聞き出すの？」

そうだなとリシャールは考えた。「次の教皇候補の名前を三つ聞き出せ。誰の名前がまっさきに出てくるか、口から出てくる順番も重要だ」

現教皇ヨハネス十五世の健康問題が取りざたされていた。事実上誰と誰が『漁夫の指輪』を争っているのか、ヴァチカンの重鎮であるピランデッロの考えをヨーロッパ中が知りたがっていたが、もちろん、実直なピランデッロが軽々しく口にするはずがない。

教会組織については、ざっとデュドから聞いている。複雑怪奇でとても自信はないが、父公爵と話す司祭の朗らかな表情を見ているうち、なんだって聞き出せるような気がしてきた。聞き出せば、今度こそリシャールからコインを勝ち取れる。

「やってみる」

「言うまでもないことですが」デュドが念を押した。「なれなれしくさわったりしてはいけません。ふれたら反則です」

「どうして？」

「彼が聖職者だからです」

エンマは驚いた。「じゃあデュドにも本当はさわっちゃいけないの？」

当たり前ですさわらないでください、とこわい顔でデュドは身がまえた。

まずは観察だ。

ピランデッロは、父公爵と朗らかにローマの話をしている。しばらく観察してから近づいていき、失礼しますと片言のラテン語で声をかけてみた。

「お父様、ローマのお話をしていらっしゃるの？」

ピランデッロは笑顔で驚いた。「おやおや、こんな小さな姫様がラテン語を？」

「ご無礼をどうぞお許しください――お父様、エンマもローマのお話をうかがっていい？　教皇様のいらっしゃる街ってどんな街なんでしょう。ヴァチカンの皆様方はふだんどんな暮らしをしていらっしゃるの？」

ピランデッロは感心した様子でエンマの質問にいちいち答えてくれる。エンマが一生懸命話す片言のラテン語に目を細めながら、しばらく話すうち、エンマは理解した。朗らかではあるが、かなりの堅物だ。しきりにエンマに話をしてくれるのは、彼が教育熱心だからだ。真面目で、肝心なところは口がかたく、現教皇が亡くなる話など不謹慎でとてもできない。朗らかに話す様子を見てこれはたやすいと思っていたエンマは、どうしたものか困ってしまった。

（堅物を落とすにはどうするんだっけ？　ぽろっと悩みごとをこぼしたり、涙を見せる――目をうるうるさせるだけでもいい）

ちょうど父公爵が席を外した。チャンスだと思ったエンマは何度かまばたきしてみたが、そう簡単に涙は出ない。

（泣いたときのことを思い出して）

納戸に閉じ込められた小さな自分をエンマは思った。毛布一枚なくネズミだけが心の支えで、これ以上生きていくのは無理だと思っていた。思い出しただけで鼻の奥がつんとし、瞳がうるうると涙で濡れてきた。もうあそこには――リシャールのいない世界には絶対戻りたくない。

ピランデッロが驚いた。「おや、どうされました？」

「こわくて」

自然に唇がわななないた。「教皇様の体調がおよろしくないと誰かが言っていました。もし猊下が亡くなられたら、この世界はいったいどうなってしまうの？」

「そう心配されなくとも。姫様はまだお小さいのでご存じないのも無理はないが、代替わりは速やかに行われます」

「そんな――でも代わるといってもどなたが――ピランデッロ様が？」

「私などは、とてもとても」

「ではいったいどなたが」

「それはまだ」

「全然わからないだなんて——エンマこわい。どうしよう」、
今にも声をあげて泣き出しそうな十歳の少女にあわてたピランデッロは、ほら誰々もいるし
誰々もいるから大丈夫と名前をあげた。だが、三つ目の名前がなかなか出てこない。

「もしどちらの方もなってくださらなかったら？」

「心配はいりません。両名のどちらかが必ずなります」

「ピランデッロ様がなってくだされば、エンマ安心できるのに」

「いやいや、私などとてもとても——」

「でも他にどなたが」

と、しばらくねばってみたが、三人目の名を聞き出すことはとうとうできなかった。

＊

その夜、リシャールの寝室に行ったエンマは、バグダードのコインをリシャールに返した。

悔しくてならない。「あともう一つだったのに」

「勝負は勝負だ」

何かの手紙を読みながらリシャールが寝台にひっくり返ったところに、デュドがろうそく片手に現れた。「まさかとは思いますが——」

エンマの顔をのぞきこんだ。「ピランデッロ様と何かありましたか」

エンマは悔しさに口をとがらせた。

「名前を三つ聞こうとしたけど、二つしか無理だった」

「他には」

「他？」エンマは首をかしげた。「お話ししただけ」

「本当に？」

リシャールが興味を抱いたようで顔を上げた。「どうしたデュド」

「それが、晩餐のあと、ピランデッロ様が懺悔室（ざんげしつ）にこもられたきり出てこられないのです」

最後にピランデッロと話したのはどうやらエンマらしい。デュドはおどかすように迫った。

「何をされました」

「なんにもしてない」

むっとしたエンマはデュドをにらみ返した。「デュドに言われたからさわらなかった。いいお人形みたいににこにこして、がんばってラテン語でお話しした。涙だって見せたのに」

「涙？」

見せるほうが早いとエンマは寝台の上に座り直した。ややあってから、ぽろりと落ちた真珠の涙を見て、デュドはぞっと息をのみながらあとずさりした。

リシャールはふうんとおもしろがった。「やるな」

「全然効かなかった。二つ名前を聞き出したけど、それでおしまい」

涙をこするエンマに、デュドがこわごわ尋ねた。「で、この涙のあとは？」

「話しただけ。絶対さわってない。さわられてもさわらなかった」

デュドが表情をかえた。「さわった？　って誰が」

「ピランデッロ様が」

「まさか、いったいどこに——お手に？」

「ここ」エンマは無造作に自分の唇を指さした。

「しまった——」

苦しげに瞑目（めいもく）しその場に立ち尽くしたデュドに、エンマは首をかしげた。

「どうしたの？」

デュドはうめいた。「責任を感じているんです」

「責任？」

「そう。なんてお気の毒な——」

「エンマが慰めにいこうか？」

デュドはぞっとした。「だめです。もうピランデッロ様には絶対に近づかないでください。あまりにもお気の毒です。おかわいそうだ」

リシャールは愉快でたまらないらしく、笑いながらコインを取り出してエンマに与えた。先ほどのバグダードのコインと、さらにもう一枚。

エンマは首をかしげた。

「落ちたってこと？」

リシャールは満足そうにうなずいた。「おまえの勝ちだ」

目を輝かせてコインを見つめるエンマを、リシャールは久しぶりにひざの上に抱き上げてくれた。コインもうれしかったが、エンマはこのご褒美のほうがうれしくてリシャールに抱きついた。「エンマ、強い駒になれる?」

「ああ。楽しみだな」

「もっと練習したい。もっと手強い相手がほしいな。デュドとか」

リシャールは肩をすくめた。「デュドは落ちんよ」

「どうして?」

「もうおれが落としたからだ。これ以上落ちようがない」

デュドは憂鬱そうに否定した。

「あなたに落とされたわけじゃない。私は、自分から落ちたようなものです」

「落ちたことにはかわりはない」

「確かに」

デュドはため息をもらした。「これ以上落ちようがないというのも、そのとおりだな」

エンマには意味がわからなかった。でもデュドを落とすのはあきらめたほうがいいようだ。

「いつかリシャールを落としてみたいな」

エンマは夢見るような眼差しでリシャールを見つめた。「できないかなあ。リシャールを落としてエンマの言うことをなんでも聞くようにしたい」

リシャールは鼻で笑った。「賭けにならんな」

エンマも可笑しくなった。「エンマも賭けない。だってもしエンマに落ちたら、リシャールがリシャールじゃなくなっちゃうもん。リシャールがリシャールでなくなったら、エンマ、もうリシャールなんていらない」

お遊びの話はそれで終わり。リシャールは、エンマが聞き出した二つの名前についてデュドとあれこれ難しい話を始めた。リシャールの手が時折思い出したようにエンマの髪を撫でるうち、話を理解しようとしていたのに、エンマはいつの間にか眠りに落ちていた。

次に目を覚ましたのは、そっとおろされたのが自分の寝台だと気づいたときだ。自分をここまで運んできてくれたのは誰だろうとエンマは片目をあけた。

「なんだデュドか」

残念でした、とデュドは苦笑した。「リシャール様がこんなことをするとお思いか？」

「思わない」

眠かったエンマは枕に顔をこすりつけ目を閉じた。「デュド、エンマ強い駒になれる？」

デュドはうなずかざるを得ない。「ええ」

「デュドみたいになりたいの」

「私？」

「だってデュドは、いつもリシャールが一番大事に手元に持ってる強い手駒だから」

「強くない」

デュドはエンマに毛布を掛けた。「ですが、良き駒であるよう努力しています。どうぞエンマ様も、リシャール様の良き駒になられますよう」

エンマはうれしかった。

「リシャールがよその国との勝負(ゲーム)に勝てるよう、エンマがんばる。デュド、助けてね」

デュドがうなずいてくれたので、エンマは安心して目を閉じた。

リシャールを強くしたい。

エンマの願いはただそれだけだった。リシャールの強い手駒になるためだったらどんなことでもできるし、どんなことだって躊躇(ちゅうちょ)する必要はないと思えた。

エンマのお遊びは始まったばかりで、手強い武器を備えたエンマはリシャールから教わったこのお遊びが楽しくてならなかった。

四

九九六年。エンマの姉のアヴォワーズがブルターニュ公に嫁いでいった。エンマが十一歳の春のことだ。

数日後、婚礼に参列したリシャールがルーアンに戻ってきた。夜を待ってエンマがリシャールの部屋に行くと、リシャールはデュドとチェスをしていた。エンマも寝台に飛び乗った。

「ねえ、みんなアヴォワーズに言ってた。お子を授かりますようにって。あれって、うまく交われってことでしょう?」

渋い顔になったデュドの前でリシャールは眉一つ動かさず盤をにらんでいる。「そうだ」

「うまく交われないこともあるの」

「ある。おまえにはうまく交わる手管をそのうち教えてやる」

「そんな手管があるの?」

「ある」

「アヴォワーズには教えたの?」

「あれはただの娘だ」リシャールは駒を動かしながら心外そうに言った。「おまえとは違う。うまく子を授かるようにとただ神に祈るしかない」

「うまく交わる手管を知らなくても大丈夫なの？」

「今のブルターニュ公ならば大丈夫だ。うまく種付けするだろう」

エンマは吹き出した。「お馬みたい」

「仕組みは馬と同じだ。おれがやつの妹に種付けすることも決まった」

デュドが嘆息しながら言葉をあらためた。「つまり、リシャール様がブルターニュ公の妹を妻に迎えることが正式に決まったという意味です」

「そうなの」

心穏やかでなくなったエンマに、リシャールはうなずいた。

「二重の同盟を結んだブルターニュについては、とりあえず安心していい」

「じゃあマティルドには？」エンマはもう一人の姉の名をあげた。「マティルドにはうまく交わる手管を教えるの？」

「あれにも無理だな」

神に祈るしかないらしい。「マティルドはどの国にお嫁にいくの？」

「ブロアかな」

リシャールはノルマンディー領の南東の境を接する有力な伯爵領の名をあげた。

「ブロアは少しやっかいだ」

口をつぐんだリシャールの代わりに、デュドが説明してくれた。

「三十年ほど前、ブロア伯が突如兵を挙げ、セーヌを渡ってこようとしたのをお父上様が撃退されました。その後、西フランク王が介入してきて報復はできませんでした。以来、ブロアとはややぎくしゃくとした関係が続いています。無事に男子が産まれればよいのですが、もともとマティルド様はお身体も弱く――」

「じゃあエンマがブロアに行く?」

するとリシャールが顔を上げた。「なあデュド」

「何でしょう」

「東ローマから来た男が話していた。何かを与えて、その代わりに何かを受け取ることで、この世のすべての仕組みは成り立っていると。つまり交換だ。交換することで世の中は成り立っている。しかし、実は交換できるものはこの世に三つしかない」

デュドは小さく嘆息した。「財貨、情報、そして女性」

「そうだ。中でも一番高価なのは女だ。身内のいい女ほど交換するときの価値が高い」

リシャールはエンマを見た。「アヴォワーズやマティルドにもそれなりの価値はある。おれの実妹だからだ。だがおまえにはもっと価値がある。ブルターニュやブロアで男子を産むよりもっと重要な仕事ができるはずだ」

「どこで」

「例えばカペー家だ」

リシャールはフランス王家の名をあげたが、デュドは難しい顔になった。「近々王位を継ぐはずのロベール(二世)には、まだお子がありません。彼には問題が多い。フランドル伯の未亡人と離婚したいのはブロア伯の未亡人と恋仲にあるからだとか――未亡人はロベールの従妹にあたるのでこじらせると教皇様に破門されかねません」

「あるいはザクセン公か」リシャールは思案顔でつぶやいた。

この年からさかのぼること三十四年前――九六二年、東フランク王国のザクセン公オットー一世が神聖ローマ帝国の初代皇帝を名乗り、ローマ教皇によって加冠されている。

デュドはますます眉をひそめた。「オットー（三世）はまだ十六ですが、恐るべき男です。ローマを混乱に陥らせている」

「デンマークという手もあるな」

「一族そろって獰猛です。スヴェン王の狙いは北欧統一とイングランド」

リシャールはエンマに目をくれた。「つまり、おまえが嫁ぐ先はいくらでも考えられるということだ。時期と状況を見て、おれが的確な相手を選んで交渉に入る。ブロアにはマティルドで決まりだ。ラウル叔父もそのつもりでいる」

ラウルという名を口にしたリシャールがやや眉をひそめたのにエンマが気づいた。

「ねえデュド、あれって不快ってことでしょう？　ほら、リシャールの眉がほんの少しだけ真ん中に動いた」

やれやれとデュドは嘆息した。「表情を読まれるとは――」

「気をつける」

あらためて背筋を正したリシャールに、エンマは首をかしげた。

ラウル叔父とは父公爵の弟であり、父が頼りにしている右腕だ。

「リシャールは、ラウル叔父様が嫌いってこと？」

「好き嫌いの感情はおれにはない」

口を閉ざしたリシャールの代わりに、デュドがやや複雑な事情をエンマに説明した。

「先代の公爵様――つまり姫様のお祖父さま（ギヨーム一世長剣公）がブルターニュを攻められた際、ケルトの美しい姫君を捕らえられました。その翌年、姫君は男子をお産みになられました。それが今の公爵様――お父上様です」

「じゃあ、そのケルトのお姫様が、リシャールとエンマのお祖母様ってこと？」

「はい。その後、姫君は裕福な貿易商に嫁いでいかれました。そちらでお産みになったのがラウル様です」

初めて聞く話だ。驚くエンマにデュドはうなずいた。「つまり、ラウル様と公爵家に血のつながりはありません。ですが、公爵様にとってラウル様は、父親こそ違うものの、実の母親の産んだ異父弟です。他にご兄弟を持たれない公爵様はラウル様を頼りにされ、イヴリー伯に封じられました」

デュドは小さく息をついた。「問題は、ラウル様というより、その父方のご一族です。今や西海岸でも一、二を争う裕福な貿易商家で、さらなる権力を欲しています。ここ数年、公爵様が体調を崩されてからラウル様とそのご一族の発言が多くなりました」

もう少し何か付け加えようとしてデュドは口をつぐんだ。代わりにリシャールがさらりと言った。「ラウル叔父は母上とできている」

そんな痛ましい情報まで与えたらエンマが混乱するのではとデュドは心配そうだ。

エンマは今まで知らなかった身内の事情に驚いた。

だが、整理して理解するのは簡単だった。つまり叔父のラウルは、兄リシャールにとって目障りな存在になりつつある。

「ラウル叔父様を落とす？」

首をかしげただけなのに、デュドが息をのんだ。リシャールはひどく魅惑的な考えだと思ったらしく、瞳を輝かせて身を乗り出した。「母上から奪えるか？」

「どうかなあ」

以前リシャールが言っていた。自分たちの母親には『女性としての魅力』こそないが、おそらく寝台の上では違うのだろうと。

寝台の上のことをエンマに教えてくれるのは、あの女性しかいない。

「ちょっとオンフルールに行ってくる」

今にも出立しようというエンマをあわてて止めながら、デュドはリシャールに言い聞かせた。

「ラウル様に関してはもう大丈夫です」

「そうだった」

リシャールは苦笑した。「デュドが落とした」

「デュドが？」

手管を知りたいとエンマは思ったが、デュドはこわい顔のままで教えてくれそうもない。代わりにリシャールが楽しげに言った。「ちょっとした奇跡を見せてやったらしい」

エンマは感心した。

「でも、どうして殺してしまわなかったの？　リシャールのじゃまをする人なんて、みんないなくなればいいのに」

リシャールは肩をすくめた。「野卑な男も必要だ」

「これからリシャールが駒として使うから取っておくってこと？」

「そうだ。用がすみ次第、ラウル叔父は盤の上からいなくなる」

あ——とエンマは指でデュドをさした。

「今デュドの眉が動いた」

リシャールは愉快そうだ。「表情を読まれるとはな」

デュドは厳しい顔でチェス盤をにらんでいる。

エンマには、今の会話の何がデュドを不快にさせたのかわからなかった。

「今のエンマとリシャールの話、そんなに不快だった？」

デュドが何か答える前にリシャールが言った。

「デュドは、朝も昼も夜も聖職者としての良心の呵責に苦しんでいる。聖書に書いてあるからだ。人を殺すことは罪だと」

「デュドは、罪人になってしまったの？」

「解釈を間違っている」

リシャールは駒を進めた。「神が我々為政者に望むのは、世界を秩序だった状態にとどめることだ。無益な戦で殺しあったり、民を飢えさせることのないよう、合理的に賢く領土を富ませ、安定させせなければならない。その過程で排除すべきものが出てくれば、躊躇なく取り除く——それが神の意志だ」

デュドは黙って大きな駒を進め、リシャールが正面から受けた。

「しかし、合理的で賢いやり方を凡人どもはひどく恐れ、神の名のもとに徒党を組んで妨害してくる。彼らはそもそも聖書の解釈を間違っている。幼いエンマを神の失敗作だと決めつけ修道院に押し込めようとしたのと同じように、愚かな過ちを犯しては、性懲りもなく救いを求めてまた神に祈る」

デュドにはもう次に打つ手が見つからない。リシャールは盤面をながめながら満足そうに微笑んだ。

「凡人どもが振りかざす倫理観は無視していい」

エンマは笑顔でうなずいた。「わかった」

デュドは沈黙を守っている。

*

その年の秋。

しばらく病の床に伏せていたリシャール一世無怖(むふ)公が、静養先のフェカンの離宮で六十三年の波乱の人生に幕をおろした。

盛大な葬儀に、欧州各地から聖職者や貴人が駆けつけ、『貴公子の中の貴公子』の死を悼んだ。

遺言どおり、長男のリシャールがノルマンディー公位を継いでリシャール二世を名乗った。

同時に、リシャールの叔父イヴリー伯ラウルが、まだ若いリシャールを助けるという名目で摂政の座に就いた。就いたとたんに我が物顔で権力を行使し始めた。

リシャールは叔父や実の母親、叔父の一族により実権を奪われた。

だが、リシャールはこれまでとなんらかわりなく――むしろ、より穏やかに宮廷内で過ごした。摂政ラウルに対し、不満を見せないどころか、いちいちラウルの指示を仰ぎながら与えられた職務だけを従順にこなし、あとは趣味の竪琴（たてごと）やチェス、遠乗りに没頭した。

エンマはおもしろくなかった。せっかくリシャールが公爵になったというのに。

「ラウル叔父様が宮廷で一番偉そうにしてる」

デュドはたしなめた。「口角を上げて」

仕方なく口角を上げげにこりとしたエンマに、デュドはしごく満足そうにうなずいた。「どうぞラウル様と仲良くしてください」

「落とす？」

「いいえ。落としてはなりません。ラウル様と仲良くし、それとなく耳に吹き込んでいただきたいのです。リシャール様は、最近始められた竪琴にすっかりうつつを抜かしていると」

どうやらデュドとリシャールのお遊び（ゲーム）がまた始まっているらしい。

エンマは、このお遊びの仲間に入れることを心からうれしく思った。

「わかった。リシャールが竪琴にうつつを抜かしているってラウル叔父様に思わせればいいのね。私もいっしょにうつつを抜かしたほうがいいの？　それとも、そんなリシャールにはもう愛想（あいそう）を尽かす？」

「愛想を尽かして、ラウル様のおそばに――」

デュドはやや心配そうにエンマを見た。「ただし、くれぐれも落とさぬよう。もし落とせば母上様のご機嫌を損じ、姫様が危うくなります。落とさぬよう――難しいでしょうか」

大丈夫とエンマはうなずいた。

「落とさない程度に、ラウル叔父様と仲良くする」

「お願いします」

「で、何かおもしろいことを聞いたら、すぐデュドに知らせる」

デュドは満足そうな笑顔になった。「お待ちしております」

数ヵ月がたった。

領内のいたるところで、農民たちが抵抗ののろしを上げ始めた。

以前デュドがエンマに言ったとおりになった。貴族に対し、長年にわたり不満を募らせてきた農民たちが、鹿の狩猟権まで奪われたのをきっかけに暴発し、その火が一気に領国内に燃え広がったのだ。

地方の指導者たちが続々とルーアンに集結して気勢をあげ、公都は混乱のるつぼと化した。

(こわい)

エンマは、このとき肌で感じた恐怖を生涯忘れられなかった。

宮廷の中にいても、暴徒たちのあげる憎悪の罵声が聞こえてくる。このまま宮廷の中に踏み込まれたらいったいどうなるのかと心は凍りついた。十一歳の姫君にできることは何もない。

しかし、リシャールは相変わらず竪琴ばかり弾いてのどかに過ごしている。

摂政ラウルは、もともと荒々しい性分だ。ルーアンの宮廷前に押し寄せた農民の指導者たちをだまし討ちのように捕らえては、いっさい意見を聞くことなく公開処刑していった。

さらに手向かう指導者に対しては、容赦なく手足を切り、目をつぶして火刑にするなどあらゆる残虐な手段を使い見せしめとした。

激しい弾圧の嵐がほぼ一年にわたって吹きすさんだあと、農民たちの反乱は制圧された。

エンマはようやくほっと息をつくことができた。

この間にも、ヨーロッパの情勢はめまぐるしく動いている。

ラウルは引き続き外交にも手腕を発揮しようとしたが、もともと言動ががさつである上、今回のあまりにも激しい武力弾圧を目の当たりにした各国は、柄の悪いラウルに警戒心を抱いて胸襟を開こうとしない。

教会関係者にもすっかり距離を置かれてしまい、ノルマンディー公国は孤立した。

お手上げ状態となったラウルにとって、姪のエンマは一服の清涼剤となっていた。

「ラウル叔父様」

執務室に笑顔で飛び込んできたエンマにラウルは目を細めた。

「やあ、どうしたエンマ」

「明日の狩り、また叔父様の天幕にいてもいい？　エンマおそばで見ていたいの」

「かまわんよ。狩りが好きだなんて勇ましいな」

「だってエンマ、獲物を追ってる叔父様たちを見ていると、あんまりすてきでどきどきしてきちゃうんだもの。絶対に狩りのほうがいい。竪琴とか、聞こえてくるだけでもううんざりしちゃう。リシャールったらね、今度はヴァチカンから楽師を呼ぶんだって」

「ヴァチカン？」

ラウルはびっくり顔になった。「リシャールがそう言ったのか？」

「そうよ。もういいかげんにしたらいいのに。枢機卿様がね、お抱えの楽師をルーアンによこしてくださるんですって。リシャールったらうきうきしちゃってかっこ悪いの」

「エンマ」

ラウルはエンマの両肩に手を置いて尋ねた。「今リシャールは部屋に？」

粗野なラウルが、リシャールという存在を利用するよう、リシャールは巧みに仕掛けていた。

それにはエンマも一役買った。

若いリシャールは、自然な流れで少しずつラウルの外交を手助けするようになった。『貴公子の中の貴公子』と呼ばれた父親譲りの聡明さを持つ青年公爵リシャールが外交の表舞台に立つようになると、ラウルの影はすぐに薄くなった。

領民たちも、冷酷なラウルを恨み嫌い、善良だと評判のリシャールが公務に就くことを強く望んだ。

そのうちラウルは政権の中心から遠ざかり、とうとう摂政の座からも正式におりた。

だが、リシャールは戦闘能力の高いラウルを宮廷内にとどめ、自分の指揮下にしっかりと組み入れた。ラウルの父方の実家との関係を重要視したこともある。

自分の母親とラウルの愛人関係も、リシャールは完全に黙殺した。

こうして、農民たちの反乱が、ラウルの血なまぐさい虐殺によって鎮圧されてからほぼ一年。

ノルマンディー公国の実権は、完全にリシャール一人の手に握られていた。

五

エンマが十五歳になった春、兄リシャールは結婚した。

公妃に迎えたのは、何年も前から決まっていたブルターニュ公国の姫だ。

すでに四年前、リシャールの実妹アヴォワーズがブルターニュ公に嫁いでいて、跡継ぎの男子も生まれている。二重の婚姻によってブルターニュ公国とノルマンディー公国はさらに強い同盟関係で結ばれることとなった。

荘厳（そうごん）な結婚式が、モン・サン＝ミシェル修道院で執り行われた。

ノルマンディー公国領の西の端に位置するこの修道院は、戦略的な要衝（ようしょう）にあった。リシャールの亡父公爵は長年彼の庇護（ひご）を受けていたベネディクト会修道士たちをここに招いた。従ってこの修道士たちはノルマンディー公に絶対の忠誠を誓っている。

そこに到着した花嫁ジュディットは十八歳。

なかなかの器量よしで、リシャールと並ぶと似合いの美男美女夫婦となった。

エンマは当然おもしろくない。

（いなくなればいいのに――）

殺してくれればよいのにと祭壇に立つデュドを切なく見つめると、すぐにデュドがその視線に気づき、「困ります」とでも言いたげにこわい顔になった。

（わかっています）

エンマは口角を上げ艶然と微笑んでやった。

青年公爵リシャールが実権を握って四年。ノルマンディー公国の内部組織は、巧みに再編されつつある。

書記官として執務を支えるデュドや、ルーアン大司教の座に就いた弟の働きにより、ローマ教会との関係は以前にも増して良好になった。

さらにリシャールは各地の修道院を積極的に庇護した。リシャールほど信仰心に厚い君主はいないとローマ教会に認められるまでになった。

同時に、リシャールはフランス最強の軍事力の持ち主でもあった。

亡父公爵は諸侯から無怖公と恐れられながらもノルマンディーを統治することに専念し、フランス国内の政争に自ら介入していくことはほとんどなかった。

しかし、リシャールは同盟国を支援するためにたびたび出兵した。リシャール率いる騎馬隊は、負けを知らなかった。ヴァイキングの傭兵（ようへい）を雇い入れることで海事力についても不安はなかった。

この数年で、ノルマンディー公国は議論の余地なくフランス国内で最もよく統治された強い公国となった。

すると人々の関心はいやが上にも高まった。

掌中（しょうちゅう）の珠（たま）エンマを、実兄リシャールはいったいどこに嫁がせる気だろう。

*

ちょうどそのころ。

ドーバー海峡の対岸で、イングランド王エセルレッドが憤慨していた。

この数十年、デンマークの船団が北海を越え、イングランドの東岸に攻め込んでは暴力的に略奪していった。その際、補給基地としてデンマーク船団が利用していたのがノルマンディー公国の港町だ。

たまりかねたイングランド王は、十年ほど前、教皇に中に入ってもらい、ノルマンディー公国と一つの約束を取りつけた。それぞれの敵には補給しないという約束だ。

しかしデンマークはそれからも補給基地としてノルマンディーの港町を利用しながら執拗にイングランドを攻め続けた。

リシャールはそれを黙認していた。デンマーク船団からもたらされる利益は莫大だったし、そもそもリシャールたちノルマン人のルーツは、北欧スカンディナビアからやってきたヴァイキングだ。同じノルマン族のデンマークに同族意識がある。

イングランドの被害は、甚大なものになった。

腹に据えかねたイングランド王が、この年、ついに兵を挙げた。

リシャールが公妃を迎えてから一週間もしない満月の夜。

イングランドの船団が、ひそかにノルマンディー半島の砂浜にこぎ寄せ上陸した。そして歩兵軍団が防御の薄いいくつかの港町を襲ったうえで、高台に陣をかまえた。

「エセルレッドめ」

リシャールはある程度この動きを予測していたらしい。すぐさま無敵の騎馬軍団を率いてデュドとともに出立した。エンマは見送った。

（リシャール——早く帰ってきて）

戦場に向かうリシャールをエンマが見送るのは、もちろん初めてではない。

しかし、何度経験しようが、こわくてたまらなかった。リシャールの背中が遠ざかるのを見るたび呼吸が困難になる。暴力的に胸を締めつけてくるこの不安を、意志の力でどうにかできるとはとても思えなかった。勝利の知らせが届くまで、このこわさに一人耐えるしかない。

（こわい——こわくてたまらない——リシャールが戦場に出向かずにすむなら、なんだってするのに——）

数日後。

ノルマンディーとイングランドの軍勢が正面から相まみえたとの一報がルーアンに届いた。

無敵を誇るノルマン騎馬隊が、アングロ゠サクソンの歩兵隊を一蹴するだろうと、誰もが予想した。結果的にはやはりノルマンディーが勝利をおさめ、イングランドは敗退した。

しかし、リシャールは思いの外苦戦させられた。

イングランド軍が船に乗って海峡の向こうに引き上げたのは、ようやく十日が過ぎたころだ。

「調べろ」

ルーアンに戻ってきたリシャールは、鉄鎧（てつよろい）を脱ぐ間も惜しんでデュドに命じた。

「イングランド軍を指揮していたのは誰なのか――エセルレッドとは思えない。実際に誰が陣頭で指揮を執っていたのか、急ぎ調べるんだ」

数日後、答えを得たデュドがルーアンに駆け戻ってきた。

「エセルレッド王はロンドンで最初の号令をかけただけ。実質的に軍を率いていたのは、王太子アゼルスタン」

やはりな、とリシャールはうなずいた。『戦う王子』という異名で呼ばれ始めたイングランドの若き王太子の名を聞いてうなずいた。「何歳になった」

「十八に」

リシャールは思わず苦笑いした。「ぞっとするな」

*

「イングランドだ」

リシャールにそう言われたエンマは首をかしげた。「イングランド?」

そうだとリシャールはいかにも楽しそうに駒を進めた。

デュドはまだどこかで仕事をしているらしく、リシャールはデュドの寝台の上でデュドの帰りを待ちながら一人でチェス遊びをしている。

「おまえをイングランドに送り込む」

エンマも寝台に上がった。「嫁ぐってこと?」

「そうだ」

エンマは驚いた。まさか先日リシャールが剣を交えたばかりの『戦う王子』アゼルスタンに嫁ぐことになるとは。

「イングランドに――?」

兄リシャールの目が、いつも東に向いているのをエンマは知っている。

野望を秘めたリシャールの視線は、フランス王国の諸領邦はもちろん、北欧諸国、さらには神聖ローマ帝国やイタリア、果ては東ローマ帝国に至るまで、いつも東へ東へと向かっている。

だから自分もいずれはそれら東の大国のどれかに嫁ぐのだろうとエンマは思っていた。

西に位置しているのは、ちっぽけな島国イングランドだけだ。ゲルマン系の中でも堅物のアングロ＝サクソン族が支配する、弱小の後進国だ。

強国ノルマンディー公国に無謀にも攻め込んできたばかりのイングランドに嫁げと言われて、エンマは正直戸惑った。

「じゃあ、エンマは東に向かうリシャールの背後を守ればいいのね」

「簡単に考えるな」

「違うの？　あの『戦う王子』を落として、この前みたいにむやみやたらに攻めてくるようなことをさせなければいいんでしょう?」

「確かに、おまえが嫁いでイングランドとの同盟が成ればおれの背後は安泰だ。この前のような戦もせずにすむ。しかし、おまえが結婚するのは王太子アゼルスタンではない」

エンマにはわからない。「誰なの?」

聞かれたリシャールは思わずほくそえんだ。「花婿は王太子アゼルスタンだと、誰もが思うだろうな。当のアゼルスタンでさえ、おまえがイングランドに嫁いでくると聞けば、自分の妃になるのだと思うに違いない。だが、常道外れの手でイングランドの王宮をかきまわしたい。おまえが嫁ぐのはエセルレッドだ」

　エンマは驚いた。

　エセルレッドは、王太子アゼルスタンの父親で、イングランド王その人である。

「でもエセルレッド王には王妃が」

「今に死の床につく」

　リシャールは迷うことなくチェスの駒を進めながら淡々と言った。「王妃の座はじきに空く。それはデュドの仕事になる」

　さすがのエンマも息をのんだが、リシャールは眉一つ動かさずにチェス盤を見つめている。

「おまえは夫となるエセルレッドを完璧に落とし、おれの言うとおりに操れ。おまえが産む王子がイングランドの王座を継ぐよう、おれも各方面から仕掛ける」

「『戦う王子』は？」

「次の王にはさせない。やつは危険だ」

　リシャールの口から初めて危険などという言葉を聞いた。エンマは恐ろしく思った。

「じゃあ殺してしまえば？」

「今すぐというわけにはいかない」

「なぜ？」

「『戦う王子』は必要だ。デンマークはイングランドを執拗に欲している。アゼルスタンには国を守ってもうしばらく戦わせ、イングランドとデンマーク双方を疲弊させる。しかし、スヴェン（デンマーク王）の野望は止められん。遅かれ早かれアゼルスタンは戦場で命を落とし、イングランドはスヴェンの手に落ちるだろう」

エンマにはわからない。「デンマークに征服されるってわかっているのに、どうしてイングランドにエンマを嫁がせるの？」

うふっとリシャールは微笑んだ。

「独り占めされたくない」

リシャールは少し顔を離して盤面全体をながめながら言った。

「スヴェンはいいやつだ。だが、海峡のすぐ向こうにスヴェンがどっしり腰を据えるのは愉快ではない。イングランドの王妃や王子という手駒を持てば、おもしろい手を打てる」

「どんな？」

「状況による」

リシャールは詳しくは答えなかったが、想像するだけで楽しくてたまらないらしい。

「とりあえず、おまえは行って、イングランド王を落としてこい。武力でイングランドを征圧するとなると、一万の騎馬兵をもってしても何ヵ月かかるかわからん。おまえなら一人で征服できる。おまえが産んだ王子――つまりおれの甥（おい）がイングランドの王座に就けば、この勝負（ゲーム）はおれたちの勝ちだ」

エンマはにっこりした。「楽勝ね」

「しかし、こちらの魂胆は最初からすべてお見通しだ。特にアゼルスタンはおまえのやっかいな敵になる」

「自分が継ぐはずの王位を、エンマが奪いに来たと思って敵対視する?」

「歓迎はしない」

じゃあ、とエンマは首をかしげた。

「王といっしょにアゼルスタンも落としてしまえば?」

リシャールは盤から顔を上げた。

おもしろい――と思っている証拠に瞳が輝いている。「若く美しい後妻を巡り、父王と王太子が争うギリシア悲劇のような展開にするつもりか?」

いやいや、と自分の欲望をなだめようとリシャールは首を横に振った。「さすがのおまえでも、そうなればコントロールできなくなるかもしれん。『戦う王子』をあなどるな。下手をすればおまえを失うことになる」

「まさか」

リシャールともあろうものが、少し『戦う王子』を警戒しすぎているのではないか?

どんなに野蛮で荒々しいひげもじゃの大男だろうが、男は男。

(エンマにコントロールできないはずがないのに――)

リシャールは聞いた。「どうする。乗るか? 今ならまだおりてもいいぞ」

エンマはこのとき十五歳。

リシャールが戦場に出向かずにすむのであれば、そしてリシャールが他国の王より強くなれるなら、どの国だろうが、どんな相手だろうが、嫁ぐ覚悟はとっくにできていた。

心配なことはただ一つ。王子を授からなければ、この勝負には勝てない。

「祈るだけじゃだめ」

エンマは寝台の上でリシャールに詰め寄った。「アヴォワーズが嫁ぐ時に言っていた『うまく交わる手管』を、エンマに教えて」

リシャールは眉をひそめた。「ここでか?」

「だってリシャールの寝室にはジュディットがいるもの」

どうしたものかとリシャールはしばらく考え込んだ。

というのも、チェス盤の上の一人勝負があまりに白熱していて、中断したくないからだった。

気づいたエンマはチェス盤を両手で取り上げた。

「教えてくれないとひっくり返す」

「かまわない。駒の並びはすべて覚えている」

「デュドが床に這いつくばって拾い集めることになる」

「そんなかわいそうなことをさせるわけにはいかない」

仕方なく寝台からおりたリシャールは、着ていた服を上から下まで全部きれいに脱ぎ捨てた。そして一糸まとわぬ姿のままその場に立ち、エンマに両手を広げてみせた。

「これが男の身体だ」

よく似た大理石の彫刻が、庭園のどこかに立っている。だがこれは本物の男の身体だ。エンマはチェス盤を寝台の上に置くと、裸のリシャールに近づき、ふれてみずにはいられなかった。

「ふうん」

かたくて厚い筋肉が、まるで鎧のようにリシャールの全身を幾重にも覆っている。どこもかしこも筋肉だらけで、一分の隙もない。筋肉を支えている骨組みも大きく、骨そのものも太い。やわやわとしてか細いエンマの身体とはまるで違う。

だが一番違うのは、エンマの身体にはついていないものがついていることだった。エンマはリシャールの下腹部を指さした。

「知ってる。庭番が立ったままここからおしっこしてるのを見た」

「もう一つ用途がある」

リシャールがそう言うなり、その、エンマの身体にはついていないものがみるみる形をかえていき、あっという間にまるで別物となった。まるで魔法だ。エンマの目が丸くなった。

「何それ、どうやったの？」

「口で説明するのはむずかしい」

「さわってもいい？」

「かまわん」リシャールはうなずいた。「先端から子種が出る。女の腹にある畑に蒔き、うまく芽が出れば子を身ごもる」

そういう仕組みなのだ。長年の疑問がようやく解けたと思ったエンマは、しかし思わず自分の腹を押さえた。「畑？」

「脱げ」

そこでエンマもすべて脱ぎ捨てた。リシャールに指示され寝台に座ると、リシャールはエンマの足を開き、付け根にふれた。エンマは笑い声をたて身をよじった。「くすぐったい」

「ここが畑の入り口だ。おまえは処女だからまだ割れ目でしかない」

エンマは知らなかった。こんなところに割れ目がある。

だが、どう考えても納得がいかない。エンマはリシャールの一物をあらためて見てから断言した。「それはここには入らない」

「最初はむりやりねじ込む。一仕事だし面倒だから、おれは基本的に生娘は抱きたくない。慣れてくれれば、ここは今とは別物になる。種を蒔く男に、快楽を与えられるようになる」

エンマは首をひねった。「快楽?」

リシャールは寝台に寝そべると、快楽をどう説明したものか考えた。

「デュドをチェスでこてんぱんに負かしたときほどではないが、いいワインをうまい食べ物といっしょに口に含んだときのような――駿馬に乗って思い切り駆けさせたときとか、気分良く遠乗りから戻ったときのような?」

どれもエンマにはわからない。「うれしいってこと?」

「まあそういうことだ。交わると、種が蒔かれると同時に、快楽を得られる。男が金を払って娼婦を買うのはそのためだ」

「でも、お馬の種付けをこっそり見たことがあるけど、お馬はちっともうれしそうじゃなかった。猟犬だって」

「そこだ」リシャールはエンマに微笑んだ。

「人間だけが、種付けに快楽を覚える。なぜかわかるか」

「わからない」

「罠だ。神が人の身体に罠を仕掛けたのだ。考えてもみろ。もし種付けが快楽を伴わず、ただの作業にすぎなかったら、貧しい農民などとっくにこの世から絶滅している。神は人間を賢く作ろうと決めた。だが賢いと、子を産んで養うなんて割に合わないと考えて、種付けの作業などしなくなるかもしれない。だから神は人間を賢く作ると同時に、種付けの工程に快楽の罠をしかけた。人間は、快楽の罠にかかって赤子を授かる」

リシャールはエンマに命じた。

「神が仕掛けた快楽の罠を使い、イングランド王に種を蒔かせろ。いいな」

エンマはとりあえず神妙な顔でうなずいた。リシャールはチェス盤を引き寄せた。

(快楽？)

リシャールの股間の不思議なものにもう一度ふれると、リシャールがチェスの駒を進めながら注意した。

「イングランド王の前では、初めて見たようなふりをするんだぞ。そうやって気安くふれてはだめだ。普通、これを初めて見た生娘はひどくこわがる。見ただけで泣き出す娘もいる」

こわがることこわがること——エンマは口の中で唱えて忘れないようにした。

そうこうしているうちに、それが元の大きさに戻っていく。エンマの目がまた丸くなった。

「どうやったの？」

「口で説明はできない」

「これで終わり？」

交わる仕組みはわかったが、まだわからないことだらけだ。「足を広げていれば快楽を与えられるの？　『うまく交わる手管』が他にもあるんじゃないの？」

「ある」

リシャールはうなずいた。「だがこれ以上は口で説明はできない。おまえの身体を使って説明するわけにもいかん」

「どうして」

「傷物にできないからだ。イングランド王がその固く閉ざされた割れ目を見れば、まだ誰の種も蒔かれていないと確信でき、安心して自分の種が蒔ける」

リシャールは思いついた。「ジュディットだ。あれを抱きながら説明すればいい」

行くぞ、とチェス盤を脇に置いた。

さすがのエンマも戸惑った。

「ジュディットを？」

デュドに相談してからのほうがいいんじゃない？　――と言いかけたところに、ちょうどデュドが戻ってきた。手に書き物を持っている。「リシャール、書いてみたので目を通して――」

書き物が床に落ちた。

デュドの寝台の上でリシャールが裸で寝そべり、何一つ身に付けていないエンマがしどけなく座ってデュドを見ている。

「ねえデュド、リシャールったらね」

デュドは何か見えないものにぶつかったかのように背を向けると、頭を横に振った。たった今目にしたものを、頭の中から振り払おうとしたのだろう。

「デュドったらどうしたの？」

「むやみに見せてはいけないんだ」

リシャールはエンマの腕をつかんで引き寄せると、自分たちの裸体を毛布でおおざっぱに覆った。「デュド、こちらを向いてもいいぞ」

おそるおそる振り返ったものの、デュドには、寄り添って横たわるこの美しい兄妹を正視することはとてもできなかった。

面倒そうにリシャールが説明した。「交わってはいない。とりあえず男女が交わる仕組みを口で説明しただけだ。当然だろう。傷をつけたら台無しだ」

「でもね、リシャールったら『うまく交わる手管』は教えてくれないの」

「口で説明するのは難しい。だからジュディットを抱いて見せてやろうかと」

デュドは何か言いかけたが言葉にならない。

エンマは指さした。「困惑してる」

リシャールはおもしろがった。「困惑？」

「ほら、眉と眉の間に縦にしわが刻まれてるでしょう。でも目尻は下がっていて瞳が定まらない。涙も浮かんでる。怒ってるんじゃなくて、ものすごく困惑してるの。違う？　デュド」

とうとう部屋から出ていってしまったデュドを、リシャールは肩をすくめて見送った。

「ジュディットではだめか」

「だめみたい」

「やはりオンフルールだな」

リシャールはチェス盤を取って戻ると寝台の上に横たわった。エンマはじゃましないように気をつけながら、そっと裸の背中に貼りついてみた。思ったとおりだ。

「気持ちいい」

素肌と素肌を重ねると、服を着ているときよりはるかにリシャールの体温や息づかいを感じられる。初めて知った。なんという安心感だろう。「これが快楽？」

「まさかな」

快楽ではなくても、自分にはこれで十分だとエンマは思った。弾力のある引き締まった身体は、エンマと同じにおいがする。

（同種同族のにおいだ）

エンマはリシャールの肌に顔をこすりつけた。離れたくない。このままずっといっしょにいられればいいのに。ずっといっしょにいるのは無理でも、失うわけにはいかなかった。リシャールの役にたちたい。

「うまくいくかな」

リシャールは盤面に集中している。

「案ずるな。近いうちにまたオンフルールに連れてってやる」

「でもアングロ゠サクソンて、すごく野蛮なんでしょう？　戦や農民の反乱に巻き込まれたらどうしよう。どこかに幽閉されたり」

「無残(むざん)な目にはあわせたくないな」

リシャールは駒を進めながらつぶやいた。「おまえのように美しいものは、総じて皆もろい。本来なら、一瞬でたたき壊されるべきだ。おれなら片手でくびり殺す」

エンマは、リシャールに絞め殺される自分を想像した。「悪くないかも」

さすがのリシャールも苦笑した。「そうしてほしいように聞こえる」

「だって、エンマがこわいのは、リシャールがいなくなることだけだもの。だからもしリシャールに殺されるのなら、あんまりこわくないような気がする」

「もともとおまえはとっくに死んでいたはずだ。あのまま母上が修道院に送っていたら、おまえなどとっくに墓石の下にいる」

何度も何度も聞かされている。だが、それでも聞かされるたびに不思議な気がした。リシャールが拾ってくれなければ、自分はもうとっくにこの世にはいない。

リシャールは微笑んだ。「ならば、おれが終わらせるべきかもしれないな。惨殺されそうになったら、ノルマンディーに戻ってこい」

「きれいに殺してくれる?」

「おまえの使い道が他になければな」

リシャールはチェス盤から目を離さないまま言った。「デュドの書いたものが見たい」

エンマは寝台からすべりおりると、落ちていた書き物を拾ってリシャールに手渡した。服を拾って身につけていると、ネズミの親子がこちらを見ているのに気づいた。いつものようにデュドを待っているのだろう。あたりを見たが、食べさせられるようなものはない。

「ごめんね」

ひもじくて眠れない夜があった。

昔、納戸に閉じ込められたとき、待っても待っても誰も食べるものを持ってきてくれなかった。今から思えば罰を与えられていたのだからごはんを抜かれたのは当然だが、あのころはどうして食べるものをもらえないのかまるでわからなかった。

苦痛とも言えるひもじさと、救ってくれる者を知らない孤独と、このままここで死ぬかもしれないという恐怖が生々しくよみがえってエンマの胸を締めつけた。

このネズミたちに何か食べさせなければ。

「デュドはどこ」

手紙を読みながらリシャールが言った。「礼拝堂で祈っている」

すぐそばの礼拝堂に行ったが、デュドの姿はない。

（デュドをさがしてる場合じゃない）

自分の部屋に戻って女中たちに食べものを持ってくるよう言いつけた。女中たちがあわてて台所で集めた固パンやチーズを抱えてデュドの部屋に駆け戻った。

だがもうネズミたちはいない。

エンマはあきらめきれず、持ってきた食べものをネズミたちがいたあたりの床に並べた。

すると、しばらくしてネズミたちが戻ってきて、チーズから食べ始めたではないか。

（よかった）

ほっと安堵（あんど）の息をつくと、涙で視界がぼやけた。

（私、泣いてる？）

いったいこれがどういう涙なのか、エンマにはわけがわからなかった。とにかくごめんね、ごめんねとネズミたちに謝らずにはいられなかった。ひもじい思いをさせてしまった。こわい思いをさせてしまった。二度とこんな思いはさせないと、エンマは小さなネズミたちに約束した。

＊

「ジュディットでもよかったんじゃないか？」

オンフルールに下る船の中で、リシャールがふとつぶやいた。

デュドはもう何回ため息をついたかわからない。

「どうかこれ以上奥方様の気鬱の原因を作るのはやめてください。あなたのような方の妃になられた奥方様が、どれだけ大変な思いをされているか――」

言っても無駄かとデュドは天を仰いだ。はたしてリシャールは妻がどんな思いでいようが興味はない。デュドは攻め口をかえた。「もしお二人の夫婦仲に何かあれば、ノルマンディーとブルターニュ二国間の関係にかかわります」

「おもしろくないな」

リシャールがめずらしく自分の感情を口にしたのでエンマは驚いた。「何が？　ブルターニュとの関係が？」

「デュドはよくジュディットと話し込んでいる。長い時間」

ええ、とデュドはリシャールの顔を見ながらうなずいた。「長い時間、奥方様が嘆かれるのをひたすら聞いてさし上げています」

「コントロールできないことはないが、殺意を覚える」

びっくりしたエンマはリシャールにしがみついた。「だめよ、デュドは殺しちゃだめ」

「デュドを殺すものか。殺してやりたいのはジュディットのほうだ」

「それです」

デュドは嘆いた。「それこそが奥方様を泣かせる原因です。妻となった女性を、どうしてもっと大事にしないのです」

「天秤(てんびん)にかければすぐわかる。おまえのほうが重いからだ」

「奥方様だってけして軽くはない」

「ちゃんと種付けはしている」

エンマは笑いだした。リシャールが『種付け』と言うたびに可笑しくてならない。

「お馬みたい」

エンマの無邪気な笑顔を見たデュドは、さらに深く苦しげなため息をついた。

「そもそも、このようなことを、本当にしなければならないのかどうか――」

「これは講義だ。ロクサリーヌが男とどう交わるか、実際に見て、それをまねるだけで、エンマの武器がさらに増えるというものだ」

「ですがしかし、きっとロクサリーヌだって、心穏やかではいられないはず」

「おまえの言葉とは思えんな」

リシャールはあきれ顔になった。「ロクサリーヌは芸達者な一流だ。西海岸一の稼ぎを上げる高級娼婦だ。いつもおれの求めをきっちりと理解し、そのとおりに、いやそれ以上のことをしてみせる。今夜もきっとそうするだろう。おまえは最近どうかしているぞ。さてはジュディットの気鬱が移ったな？　今夜の講義をエンマといっしょに見たらどうだ」

勝負がついた。両手を挙げたデュドは、この言い争いから早々に下りた。

船がセーヌの河口オンフルールに着いた。

活気のある港町を、午後の名残の日差しが西からぼんやりと照らしている。

いつものとおり、三人がそれぞれ身分を偽った服に着替えて娼館に入ると、まだ早い時間なのに女将が出迎えてくれた。話を通してしばらくするとロクサリーヌも現れた。リシャールはさっさと階段を上がりだした。

「まあ、お酒もおしゃべりもなしですか？」

ロクサリーヌがくすくすしながら灯のともった燭台を一つ手に取った。そしてリシャールのあとを追おうとして、自分のあとにエンマがついてくるのに気づいて足を止めた。

思わずロクサリーヌはデュドを振り返った。

階段の下で、デュドが苦しげに目を伏せた。すまない――と、まるでロクサリーヌに詫びているかのようにエンマには見えた。エンマは戸惑った。

（いいのかな、私、このままついていって）

「早く来い」

上からリシャールが呼ぶ声がした。ロクサリーヌはあわててエンマの手を握ると、何も言わず一段一段上がっていった。

大きな寝台が真ん中に一つ置かれただけの部屋に入ると、リシャールが、がたがたと鎧戸をあけていた。部屋の中を明るくしたかったのだろう。ロクサリーヌの燭台をとると部屋にあったろうそくにも火を移した。

そして自分の服をさっさと脱ぎ始めたので、ロクサリーヌが背中から手伝った。リシャールがエンマに説明した。

「ロクサリーヌは、簡単には素裸にならない。最後の一枚までもったいぶって男を焦らす」

「黙って——この子は賢い。解説なんかいりません」

叱られたかのようにリシャールはエンマに肩をすくめてみせた。どうやらここから先は、解説はつかないらしい。

すべての服を脱いだリシャールは、ロクサリーヌの小柄な身体を抱きすくめると、そのまま大きな寝台の上に乗せた。

小さな西窓から差し込む夕日が、部屋全体を淡い茜色に染めていた。リシャールは、柔らかな素肌の感触や起伏具合を楽しむかのように、一枚ずつロクサリーヌの着ているものをはがしていった。そのうちに上半身があらわになり、柔らかな乳房が現れた。恥じらうように胸をかばったロクサリーヌの手をどけたリシャールは、そのなだらかな二つの隆起をもてあそぼうとして、すぐにその手を止めた。

「どうした。これでは講義にならん。いつものとおりやらないか」

不思議がるリシャールの裸体の下で、ロクサリーヌが小さくうなずくのがわかった。

エンマも見ていて不思議に思った。そこまで、ロクサリーヌは寝台の上にただ置かれて、リシャールのされるがままになっていただけだ。これなら今のエンマにでもできる。

太陽が大きく西に傾いて、小窓から差し込んでいた日差しが絶えた。すべてのものの輪郭(りんかく)が紫檀(したん)色の薄闇に溶けていく。

寝台の上のロクサリーヌが、『うまく交わる手管』を使い出した。

しばらくすると、エンマにもわかってきた。リシャールがわざとロクサリーヌを手こずらせて、さまざまな手管を使わせようとしている。

結い上げていたロクサリーヌの黒髪が次第にほつれ、白い柔肌を打った。ロクサリーヌの身体は絶えず動き続けた。とかげのように妖しく身をくねらせたかと思えば、甘えたがりの猫のようにじゃれてまとわりつくときもあり、風になぶられる青麦の穂のように痛々しく見えるときもあった。

(きれい)

もっとがつがつとむさぼるように男女が動くものだとエンマは想像していた。だが、そうではなかった。違う。これは種付けなどではない。

(交わってる)

こうして舞踏のごとくリシャールと交わることのできるロクサリーヌが、エンマはうらやましくてならなかった。美しいロクサリーヌにはその資格があり、技能もある。リシャールに選ばれたからこそこうしてリシャールと交わることができるのだ。

(エンマもリシャールと交わってみたい)

「ちゃんと見てるか?」

リシャールが確かめたのでエンマはあわててうなずいた。

上になったり下になったりもつれたりしながら交わり続けていた二人が、ようやく動きを止めたころには、すっかり日も暮れて、燭台の明かりだけが寝台の上の二人をゆらゆらと浮かび上がらせていた。

リシャールの大きな身体の下で白いのどを見せたままロクサリーヌは動かなくなった。エンマは心配になった。「殺しちゃったの？」

リシャールは苦笑した。

「さすがのおれも、これ一本では人は殺せん」

リシャールが身体を離すと、ロクサリーヌの口からまた小さなうめき声がもれた。ようやく息を吹き返したロクサリーヌはなんとか身体をうつぶせると、そのまま敷布に顔を埋めた。

エンマはリシャールに確かめた。よくわからなかったからだ。

「快楽を得た？」

服を着ながらリシャールがうなずいた。

「さすが神のしかけた罠は違う」

いや、すごいのは神様ではなくて、ロクサリーヌだとエンマは思った。

（リシャールを、身体一つでこれほど満足させられるなんて。ロクサリーヌはすごい）

だがロクサリーヌはうつぶせたまま、抜け殻のようにぐったりとしている。

エンマは不思議な気がした。ロクサリーヌの畑に、リシャールが種を蒔いた。

「子どもが生まれる？」

リシャールは失笑した。

「毎晩こんなことをやっているような娼婦に種を蒔いても芽は出ない。たとえ出ても女将が薬湯で流すんだ。そうだなロクサリーヌ？」

ロクサリーヌの頭がほんの小さく揺れた。うなずいたらしい。

リシャールは服を身につけた。

「おりるぞ。デュドが待ってる」

ふだんのリシャールと何もかわらなかった。ちょっとほっとしたエンマは、あわててあとを追った。リシャールは部屋を出ながら寝台の上のロクサリーヌにも来るよう声をかけた。

「どうした。もういいぞ」

だが、ロクサリーヌはとうとう敷布から顔を上げなかった。

精も根も尽き果てて、もう頭さえ上げられなかったのか。いやそれとも、何か理由があって、その顔を見せられなかったのか、見せたくなかったのか――いずれにせよ、寝台の上のロクサリーヌの胸の内を推し量ることは、このときのエンマにはまだ到底できなかった。

＊

イングランド王妃が亡くなった。

喪があけるのを待たず、イングランドとノルマンディー公国との間でエンマの輿入れが検討され始めた。

その間にもイングランドはデンマークに侵略され続け、莫大な退去料(デーンゲルド)を払わされている。

イングランド国王は、追い詰められていた。エンマとの婚姻によりノルマンディー公国と同盟できれば、デンマークの蛮行に歯止めがかけられ、このみじめな事態を打開できる。王はそう言って貴族たちを説き伏せた。

リシャールも、それより他にイングランドが生き残る道はないとあらゆる方面から吹き込んでいた。一部貴族たちの反対を押し切る形で、婚姻が最終決定した。

すでにエンマは、イングランドで使われている言葉を習い始めている。アングロ゠サクソン語とも呼ばれる古英語だ。

イングランドの地理や、七王国(ヘプターキー)が統一されるまでの複雑な歴史、そして統一されてからの流れもしっかりと学び、加えて、王宮内の政略地図も頭にたたき込んだ。

西欧諸国の最新の力関係をも確認し直した。どういう事態になったらリシャールがどう動くか、そのときイングランドでエンマはどう動くべきか、あらゆる想定が何度も繰り返された。

ある夜、デュドの寝台の上で一勝負終えたリシャールがデュドに尋ねた。

「イングランド王の性的嗜好(しこう)がわからんのはなぜだ」

駒を並べ直していたデュドは、ややうんざりした笑顔で説明した。

「エセルレッドは、身分を隠してロンドン市街で娼婦を買うようなことをしません。城中の女たちに手をつけるようなこともまったくないので、調べようがないのです」

「前の王妃との間に何人も子がいるのだから、男色でもない。女に種は蒔けるはずだ。いったいどういうことだ」

「つまり、亡くなられた前王妃だけが性愛の対象だったということです」

理解しがたいといった顔のリシャールをとりあえず放っておいて、デュドはエンマに説明を続けた。

「エセルレッドは、荒々しい気質の持ち主ではありません。戦も『戦う王子』に任せてしまうような男だ。ですが書き上げる文書は見事です。法典にもかなり詳しい。基本的に、真面目な堅物だと思っていいでしょう。彼が前王妃と結婚させられたのは彼がまだ十三のときです。前王妃は年上で、包容力のあるしっかりとした女性でした。おそらく王にとって初めての女性だったはず。そのまましっかりと手綱を握られ、他の女性に手をつけることがなかった」

「エンマが二人目か」

リシャールはまだ信じがたいといった顔だ。「真面目な堅物が、初めて極上の生娘を手に入れるというわけだ。夢中になるに違いない。楽勝だな」

リシャールはますます安心した様子で、その夜の二局目を打ち始めた。

（でもやっぱり不安だな）

エンマには人には言えない弱点がある。目の前の人が今どういう感情を抱いているのか、相変わらずうまく感じ取れない。

幼いころと違って、周囲の状況を推し量ることで、相当理解できるようにはなっている。だがそれでも不安だ。乳母や養育係は、他人の感情がわからないエンマを怒鳴り（どな）つけ、叩いたり、納戸に押し込めたり、食事を与えようとせず、母親はそれを見て見ぬふりをした。

人にそんなことをされるこわさを、エンマはいまだにぬぐい去れない。

誰も知る人のいないイングランドで、またあんな目にあったらどうしよう。

（どうしてリシャールは平気なの？）

リシャールは言った。彼も人の感情がわからないのだと。エンマと同種同族だとさえ言っていたのに、リシャールがこの世界をこわがる様子はまるでない。

「ねえ、リシャールはどうやって弱点を克服しているの？」

「弱点？」

「だってリシャールにも人の気持ちがわからないいんでしょう？」

まだそんなことを言っているのかとリシャールはあきれ顔になった。「人の気持ちがわからない、たかがそれだけの話だ。ちょっと観察し考えれば、人の気持ちなど簡単に推理できる」

「こわくない？」

「何がだ」

リシャールには質問の意味さえわからない。リシャールのことはリシャール本人に聞くよりデュドに聞くほうが早い。エンマは反対側のデュドを見た。

とたんに理解できた。

（なんだそうか。デュドだ）

エンマはリシャールにねだった。「ねえリシャール。エンマ、デュドがほしい。いっしょにイングランドに連れていっては、だめ？」

二人がチェス盤から目を上げてエンマを見た。

リシャールのほうは、驚いてはいなかった。その表情には何の変化も見られない。

そのままエンマに手を伸ばしてきた。ほほでも撫でてくれるのかと思ったリシャールの右手が、いきなりエンマの細首をつかみ、ものすごい力で絞め上げた。デュドが割って入り、チェス盤がひっくり返った。

（息ができない——死んでしまう——）

もがくことすらできないエンマの目の前でリシャールの顔がゆがんだ。デュドが腕をつかんでそのまま背中にねじ上げたのだ。その隙になんとか逃れたエンマは、転がるように部屋の隅に逃げ込むと、ようやく呼吸を再開できた。だが声が出ない。それほど驚愕していた。上質な毛布であるはずのリシャールが、表情もかえずにこんな恐ろしい暴力をふるうなんて。

「よろしいのですか」

デュドはリシャールの腕をねじ上げたまま尋ねた。「姫様を殺してしまって」

リシャールは歯がみして悔しがった。

「確かに、殺すには惜しい。エンマなら一万の兵にも値する——だが、おまえをやるわけにはいかない。やれるものか」

「天秤にかけて下さい」

「天秤？」

「そう、私と姫様を天秤にかけるのです。もし私のほうが重いなら姫様を手にかけてもいい。姫様のほうが重ければ、私のことはあきらめるしかない。さあどちらです」

「エンマだ」

考えるまでもなかった。即答したリシャールにデュドは苦笑した。

「いい手かもしれません」

デュドはようやくリシャールの手を離した。「私が聴罪司祭(コンフェッシオ)として姫様に随行し、連絡役となってイングランドとノルマンディーを行き来しましょう。さすがの姫様でも、十代でイングランドを征服するのは、少し荷が重いかもしれない」

デュドはリシャールを気遣(きづか)った。「心配しないで」

リシャールは眉を寄せた。「おまえのことなど誰も心配していない」

「わかっています。あなたならもう大丈夫。私がいなくても」

「だがな」

「大丈夫」デュドはリシャールに言い聞かせた。「あなたにわからないのは、人の気持ちだけだ。だがあなたは賢い。相手が何をどう感じているか、推測してほぼ間違いなく当てることができます。私がしばらくおそばを離れても大丈夫」

「もちろんおれは大丈夫だ」

リシャールは自分に言い聞かせるように何度もうなずいた。

「おれは大丈夫だ。おまえもイングランドでうまくやれ。これを使って――」

と、目でエンマを指したリシャールが、何かに気づいた。

「そうか、いい手かもしれん。王子がほしい。王子という駒がなければこの勝負(ゲーム)には勝てん。もしエセルレッドが王子を孕(はら)ませられなかったら、おまえがエンマを孕ませろ」

声をなくしたデュドを、リシャールは不思議そうに見つめた。「なぜうなずかない。いい手だと思わんか?」

ややあってからデュドはうなずいた。

「それが、あなたのお考えなら——」

エンマは床に座りこんだまま警戒していたが、リシャールが自分に顔を向けたのを見て身を強張(こわば)らせた。

リシャールは善良な公爵を演じているときの声で言った。

「悪かったエンマ。もう二度とあんなことはしない」

ビロードのように柔らかい声がエンマを混乱させた。デュドがとめなければまちがいなくエンマは殺されていた。はたして警戒を解いていいのかどうかわからない。それを見たリシャールはおいでと優しく手をさしのべた。

(毛布だ)

エンマはどうしようもなく近づいてしまいたくなった。リシャールという上質な毛布に全身くるまれてしまえば、もう何も考える必要はない。

視界の隅で何かが動いた。

小さなネズミを見たエンマは、あることに気づいた。

「どうしよう」

デュドが首をかしげた。「どうされました」

「デュドがイングランドに行っちゃったら、この子たち、誰にもパンをもらえない」

苛立(いらだ)ったリシャールがいきなり寝台からとび下りた。

「こうすればいい」

ネズミを捕らえたリシャールがそのままその手を握り込むと、小さなネズミはひとたまりもなく息絶えた。悲鳴をあげたエンマの目の前で次の獲物が捕らえられた。エンマはリシャールの腕にしがみついた。「やめて」

「なぜだ。じわじわ飢え死にするより、ひと思いに殺してやったほうがいい」

「だめ」

リシャールの手の中でネズミが必死にもがいていた。ひもじい思いもこわい思いもさせないと約束したのに。

「まだ生きてる、お願いやめて!」リシャールは眉一つ動かさない。

「リシャールだめ、そんなことをしたら、死んでしまう。死んで――」

次の瞬間エンマは身を縮ませた。

呼吸ができない。吸うことも吐くこともままならず、声さえあげられないまま苦しむうちに目の前が真っ暗になり、意識が遠ざかった。

*

こわい声でデュドが説教している。

エンマをひざの上に抱きかかえたまま、デュドがこんこんと何か言い聞かせていた。正面に座ったリシャールは子どものようにうなだれ反省しているように見える。

意識を取り戻したエンマに、デュドが気づいた。「大丈夫ですか」

「うん」

心配そうにエンマの顔色を確かめたデュドは、あらためてリシャールをにらみつけた。リシャールはばつの悪そうな顔で「部屋に戻る」と言い出ていった。

デュドはエンマを寝台に横たえると、床にひざをついた。

「以前にもお話ししましたが――」

小さく息をついた。「リシャール様は、他人に共感することができません。それだけではない。ご覧になったとおり、命に対する敬意をも持ちません。当然、命を奪うことにも抵抗がない。道徳観が根本的に異なっていて、明らかに普通じゃない。破綻(はたん)している部分もあって、誰にも彼を理解することはできません」

「デュドにも?」

「私にも計りかねるときがあります。ですが、間違いなく彼は天才です。物事の先行きを読み解く能力は恐ろしいほどだ。先の先を読んで、最善の策を選び、躊躇なく実行できる」

デュドは目を伏せている。

「神は、そんなリシャール様にノルマンディー公という地位を与えられました。この世の混乱を治めろという神のご意志だと信じて、私はリシャール様に最後までつき従う覚悟を決めました。幸い、リシャール様もご自身の欠陥をよく承知されていて、その欠陥を補うため、私の言うことには真摯(しんし)に耳を傾けてくださいます。ですから私は何度でも繰り返しリシャール様に申し上げるつもりです。公国を強大にするのと同時に、民衆に愛される善良な君主を演じろと。聖書が教えるとおりに正しい行いだけをしろと。私はいつかリシャール様に、フランス全土――できればそれ以上を支配していただきたい。野心から言ってるのではありません。争いのない世を広くもたらしてほしいのです。そのためなら――」

　床の上に何かを見たらしく、デュドは急に口をつぐんだ。

　淡褐色（ヘーゼル）のその瞳に、時々エンマは目を奪われることがある。日差しの下では優しい緑色に見えるのに、今はろうそくに照らされ静かな土色をしている。

「悪くない手だって、エンマも思う」

「何がです」

「デュドの子どもが、イングランド王になること」

　そんな予感はしていたが、やはりデュドは飛び下がってエンマから離れるなり、胸で十字を切り天を仰いで神に祈るしかなかった。どうぞもうこれ以上の試練を私に与えないでください、私をこれ以上試さないでください――。

　エンマの視界に、リシャールが絞め殺したネズミの死骸が入った。

　あわてて顔を背けたが、血の気が下がり、胸をしめつけられてまた呼吸ができなくなった。さっきと同じだ。首をしめられているわけではないのに、息ができない。今にも死んでしまいそうだ。死んでしまう――と身をよじると、しっかりと支えながらデュドが教えてくれた。

「二匹目はうまく逃げました」

　目に涙があふれた。

　ほうっと大きく息をつくと、その反動で空気が胸に入ってきた。そうか、二匹目は死なずにすんだ。うまく逃げたんだ――なんとか意識を失わずにすんだエンマをデュドは心配そうに、そしてどこか救われたような眼差しで見ている。

「さすがのリシャール様も、少し見誤っているのかも」

「何を？」

「姫様をです。同種同族だと喜んでおられたが」

「違うの？」

「だって、ネズミの心配をされるなんて――」

小さく嘆息したデュドは肩をすくめた。「いや、ただ小さな生き物がお好きなだけかな。それともやはり、好奇心がお強いだけか」

*

一〇〇二年春。

イングランド王に嫁ぐため、エンマはノルマンディーを離れた。

兄リシャールと別れたときは、それほどさびしい気持ちにはならなかった。たくさんの人目があったせいもあるだろう。

セーヌ川を下りオンフルールで潮のにおいをかいだとき、少し心許なくなった。そして船が岸を離れた瞬間、揺れる甲板の上でエンマはとてつもなくこわくなった。

（こんなにも深い海でリシャールと隔てられてしまう）

こわくてたまらなかった。リシャールとこれほど離れてしまって、生きていけるだろうか。

せめてデュドにはすぐそばにいてほしいのに、デュドは迎えに来たイングランドの聖職者たちと何やら打ち合わせに忙しそうだ。

(デュドったら、ちっともエンマのそばにいてくれない)

船はフランス屈指の港湾都市カレーに着岸し、そこから海峡を渡ってそのままテムズ川をロンドンまでさかのぼった。

大勢の関係者が出迎えに来ていた。

すでに何年も前から、エンマはその名をフランスのみならずヨーロッパ中に知られていた。生まれもっての見目麗しさに加え、『貴公子の中の貴公子』と呼ばれた亡き父親譲りの優美さと、信仰深く善良な兄公爵リシャールに似た知性と教養が、エンマに『ノルマンの宝石』という別称を与えていた。

当初、この政略結婚によってノルマンディー公国と同盟を結ぶことに、一部のイングランドの貴族たちが難色を示していた。

だが、船から降り立ったエンマを一目見れば、この生ける宝石に目を奪われない男はいなかった。王宮で出迎えたエセルレッド王もとても満足そうだ。

(野蛮そうには見えない)

エンマは少しほっとした。デュドから聞いていたとおりだ。初めて対面した夫エセルレッドは大柄ではあるが、学者のような風貌をしていた。物腰も声も穏やかで、剣を振り回すより読み書きのほうが得意そうに見える。

今夜からこの男と交わり、王子を産まなければならない。

（うまくいくだろうか）

エセルレッド王は、自分の所有するところとなった『ノルマンの宝石』を一同に披露しようとエンマの手を取り大広間を回り始めた。

イングランドの高位聖職者たちや貴族の長老たちについては、すでにエンマの頭の中に情報が入っている。紹介される顔を、その情報と一致させながらあいさつを交わしていった。すんなりとした青年の前に出た。

物腰が柔らかい。きっと商家の人間だ。そうかこれがロンドン市の評議会のやり手の議長ライアンだ――と思ったら、エセルレッド王が紹介した。

「王太子のアゼルスタンだ」

聞き間違いだと思った。エンマの顔から微笑みが消えた。

（これが『戦う王子』？）

違う、そんなはずはない。イングランドの『戦う王子』アゼルスタンといえば、あのリシャールが敵対視するほとんど唯一の危険人物だ。野蛮で獰猛で、荒々しく軍を率いるひげもじゃの大男のはずだ。

王太子アゼルスタンは、エンマより三歳年上の二十歳。

濃褐色（ブラウン）の瞳は、穏やかに澄んでいる。

「よろしく」

エンマは少し混乱した。

イングランドに嫁げと最初にリシャールに言われたとき、自分が嫁ぐのはこの王太子アゼルスタンだと思って疑わなかった。だが、そうではなかった。

(どうしてこの人に嫁ぐのではいけないのだった?)

あわてて記憶をたどり直した。危険だからだ。リシャールがはっきりそう言った。『戦う王子』アゼルスタンはあまりにも危険すぎる。アゼルスタンをつぶすためにエンマは嫁いできたといってもいい。

(この人を次の王にさせてはいけない)

エンマはあわててひざを折り、微笑みを浮かべながら目を伏せた。

「こちらこそ、どうぞよろしくお願いいたします」

*

その夜、エンマはイングランド王の寝台に上がった。

「疲れたかね」

寝室で二人きりになっても、エセルレッドはやはり学者のようなたたずまいをしていた。豹変して乱暴してくる気配もない。燭台を片手に、まずは寝台の上に置いた『ノルマンの宝石』をやや離れたところから観察した。エンマはじっとしているほうがいいと思い、好きなだけ王にながめさせた。

いろいろな角度からながめればながめるほど王は感嘆したようで、やがてエンマに少しずつ近づき、時間をかけて四肢の先まで丹念に調べていった。

エンマは引き続きじっとしているしかない。

（めずらしい虫か何かになった気分）

探究心の固まりと化した王は、一枚ずつエンマの着ているものを注意深くはがしては、はがした服を丁寧にたたんで横に置き、その上で、エンマの身体の表面に傷一つないことを丁寧に確かめた。そこからも王は時間をかけた。大事なエンマをそっと横たえ、関節の曲がり具合やあちこちを確かめながら、少しずつ慎重にことを進めた。

交わる仕組みは理解していたし、エセルレッドはいっさい乱暴はしなかった。エンマはリシャールに教えられたとおり、とりあえず最初はされるがままにじっと耐えた。

翌朝。

王と共につつがなく朝の礼拝を終えたエンマは、そのまま祭壇の前に一人残って祈りを捧げながらデュドが近づくのを待った。すぐにさりげなくデュドが隣に来てくれたので、祈るふりをしながら小さく言った。「どうして？　交われなかった」

デュドはうろたえたらしく、最初の言葉がなかなかでてこない。「何か、不具合でも？」

「エンマがこわがりすぎたかも。でもリシャールが言ってた。生娘はこわがるものだって。見ただけで泣き出す娘もいるって。そうなんでしょう？」

デュドは何も答えられないまま祭壇の前から離れていった。

一週間が過ぎても王はエンマの畑に到達することができなかった。

なんとか無事にことが成功したのは、ようやく十日目の夜だ。オンフルールで見た、あのきれいな交わりとはほど遠いものだったが、とりあえずエンマをほっとさせた。

リシャールによると、このあとはいかに王を飽きさせないかが肝心だ。いよいよ『うまく交わる手管』を試すときがくるのかもしれない。

しかし、何ヵ月たっても王のエンマに対する探究心はやむことがなかった。

エンマはただ横になってじっとしているだけでよかった。むしろ、エンマが勝手に動こうとするとじっとしているよう注意された。間違っても傷つけることなどないよう、王はエンマを壊れ物のように扱った。リシャールが言っていた快楽とはどういうものなのかエンマが理解することはできなかった。事が終わると王はまず丁寧にエンマの髪や衣服を整え直してから胸に抱き、そのまま幸せそうに眠りについた。

大切に扱われていることはわかる。しかしエンマは人形扱いされることに次第にうんざりし、夜になるとどこかへ逃げ出したくなった。しかしいったいどこへ逃げるというのだ。

（ルーアンへは、海を越えなければ帰れない――）

昼間、王宮で過ごすことにはすぐに慣れた。エンマのそばにいる使用人たちは男も女も驚くほど穏やかでせっせとよく働いた。デュドいわく、前王妃の人柄の賜物（たまもの）らしい。

エンマをこわがらせるようなことは、何一つ起こらなかった。

ただ一つ気になるのは、食事時や行事のときに同席する王太子アゼルスタンだ。

彼もまた穏やかで、礼儀正しかった。その瞳はいつも涼しく澄んで見える。

（この人が、そんなに危険だろうか）

ロンドンに来てから、エンマはずっとそのことを考えている。

リシャールは、『戦う王子』アゼルスタンがこのままイングランドの王位を継ぐことに大きな危機感を抱いていた。だからこそエンマをあえて父王エセルレッドに嫁がせ、アゼルスタンから王位継承権を奪いとろうとしている。

ひょっとしてリシャールは、何か思い違いをしているのではないだろうか。

このアゼルスタンがそんなに危険なはずがない。どうしてもそうは思えない。

ただイングランドを征服するだけなら、エンマが結婚するイングランド王はどちらでもよかったはずだ。

（どうしてリシャール——どうしてアゼルスタン様ではいけなかったの？）

六

エンマはエセルレッドを虜にした。

ややこしい手管は、何一つ必要なかった。エセルレッド王は対面したその日からエンマのすべてに熱中し、すぐに夢中となった。

誰にも王を責めることはできなかった。それほど十七歳のエンマには、非の打ち所がなかった。大輪の花のようでありながら清楚な微笑みを絶やさず、むりやり我を通すようなこともまるでない。つつましく知性的かと思えば、子どものように好奇心にあふれ、誰とでも楽しく言葉を交わすうちにあっというまに覚えた古英語には、やや舌足らずなフランスなまり。

アングロ＝サクソンの男たちが『ノルマンの宝石』に落ち、心奪われるのに、時間はかからなかった。

強国ノルマンディー公国と同盟を結べたこともエンマの高評価につながった。貴族たちはエンマを絶賛した。

しかし、この事態を危惧する貴族たちもいた。

王子アゼルスタンを取り巻く青年貴族たちだ。ノルマンディー公の実妹エンマが王を虜にし、王宮内の崇拝者を増やしていることに、彼らは強い危機感を抱いた。

「もしエンマが王子を産んだらどうなるんだ。この調子では、王位継承問題が起きてもおかしくないぞ」

「ばかな。ノルマンディー公の甥っ子にイングランドの王冠を載せるつもりか?」

「それこそノルマンディー公の狙いじゃないか。次のイングランド王はアゼルスタンしかいない。この政略結婚は大きな間違いだ」

王宮は、王妃エンマの取り巻き貴族たちと、王太子アゼルスタンを支持する貴族たちとで真っ二つに割れようとしていた。

それを一番危ぶんだのは、他でもないアゼルスタンだった。自分を取り巻く青年貴族たちを必死におさえ続けた。

「王妃を敵対視するな。宮廷を二つに割ろうとする者は、このおれが許さない」

*

「これ」

やや緊張したボーイソプラノの声と共に、エンマの視界が、摘んだばかりの春の野の花であふれた。なんてかわいらしい贈り物だろう。自室の椅子で休息していたエンマは感激した。

「ありがとう」

「もっとほしい?」

ほほを紅潮させた九歳の少年は、何も言わずにだっと走り去った。しゃべらないほうが男らしいんだと言わんばかりに。

少年が摘み集めてくれた春の野の花たちは、異国に嫁いできたばかりのエンマの心を不思議なほど和らげてくれた。少年がくれた優しい贈り物は、これが初めてではない。

「デュド、エンマを天使だって言ったことがあるでしょう」

王に飲ませる薬湯を準備しながら、デュドは過去の自分の発言を認めてうなずいた。

「でもね、あの子は間違いなく本物。あんなに元気な男の子なのに、本物の天使みたい」

「確かに」

デュドも認めざるを得ない。「エドマンドは二年ほど前に母親を亡くしたばかりです。今ならたやすい。落としておいたら？」

「勝負にならない」

エンマは苦笑した。「あの子は最初からエンマに落ちてる。でも、エンマに落ちてるはずのあの子にこうして優しくされるたびにかなわないって思う」

「天使の笑顔に人は弱い」

デュドもやや苦い笑顔になった。「しかし天使に戦はできません。エドマンドが天使で幸いでした」

しばらくして、エドマンドが花を抱えて駆け戻ってきた。喜ぶエンマを見てまた得意そうにほほを紅潮させた。

それにしても、いくら足が早いからと言って、行って戻ってくるまで早すぎはしないか？

「ねえエドマンド様？　こんなにきれいなお花、どこに咲いているの？」

「見たい？」

と聞いたときにはもうエンマの手をつかんで椅子から立たせている。こっちこっちとエンマの手を引いたままうれしそうにエドマンドは走りだした。デュドは見送るしかない。

そのまま大階段を地上までおりるんだろうと思われた。だがエドマンドは大階段の前を素どおりし、そのまま長廊下の奥にエンマを引っ張っていった。エンマは戸惑った。

「え、こっちなの？」

「秘密の階段があるんだ」エドマンドは足を止めようとしない。

この先には王子たち――アゼルスタンとエドマンドの部屋があるはずだ。

（まさか、アゼルスタン様がいらっしゃったりするようなことは――）

と案じたとたん、そのアゼルスタンが廊下に出てきた。

驚いて足を止めた。

「エドマンド？」

目を疑うのも当然だ。九歳の弟が、あろうことか『ノルマンの宝石』の手を引いてうれしそうに走ってくる。エドマンドは説明した。「花が好きなんだよ。だから裏庭の花を見せてあげるんだ。ほら、兄さんの部屋の奥の階段から――」

エドマンドの優しさが、アゼルスタンを困惑させた。

困惑の理由はエンマでさえ理解できた。まだ九歳のエドマンドは、他国から嫁いで来たばかりのエンマを秘密の階段から外に連れ出して、きれいな花畑を見せてあげようとしているだけだ。

しかしエンマは微妙な関係にあるノルマンディー公国から来たばかりで、まだ他国の者も同然だ。自分たちの居住区の秘密の通路を明かしてしまっていいはずがない。

エンマはあわててアゼルスタンに謝った。「申し訳ありません。私がお止めするべきでした。ごめんなさいエドマンド様、私はこんな奥まで入ってきてはいけないの」

何言ってるんだとエドマンド。「一番奥から出てきたんじゃないか」

「じゃあ、大階段でおりましょうよ」

「遠回りだよ。ここで待ってて。すぐ摘んでくるから」

「ここで?」

エンマが首をかしげたときにはもうエドマンドは一人で走り出している。

あとを追いかけるわけにはいかない。

だが、言われたとおりこのままここで待つわけにもいかなかった。エンマはアゼルスタンに謝った。「部屋に戻ります。そうエドマンド様にも伝えていただけますか」

「まさかエドマンドは――」

アゼルスタンは、おそるおそる確かめた。「まさかあいつ、あなたの部屋に出入りしてるんですか?」

思わずエンマは首をすくめて小さくなった。天使が自分のことで叱られるのは忍びない。

「ええ――いいえ、ほんの何回か」

「あいつ」

顔をしかめたアゼルスタンに、ますますエンマは小さくなった。

「申し訳ありません。私がだめだときちんと言えばよかったんです」

「いや、こちらこそ気が付かずすみませんでした。気安く出入りしないよう、よく言って聞かせます」

「怒らないであげて。お優しいだけです」

アゼルスタンは小さくため息をもらした。「それが問題なんだ」


——エドマンドが天使で幸いでした。


デュドが言っていたとおり、どうやら優しすぎる王子がイングランドの悩みの種になりつつあるらしい。

アゼルスタンは重ね重ね詫びた。「すみませんが、少しだけここで待ってやっていただけませんか。すぐ戻るはずです。だが戻ってきてここにあなたがいなかったら、縛り上げたところで花を届けようとするはずだ。もうあいつをあなたの部屋に行かせるわけにはいかない」

エンマは困ってしまった。だがアゼルスタンに他意があるとも思えない。

このまま廊下で立ったまま待たせるわけにもいかないと、アゼルスタンは先ほど彼が出てきた扉を大きくあけ放った。

のぞくと、どうやらアゼルスタンの執務室に続く控え室だ。

義理の息子にあたるとはいえ、三歳年上である王太子アゼルスタンに向かっていやだとは言えない。やむなくエンマはおずおずと足を踏みいれ、飾り気のない長椅子の一つに浅く腰掛けた。落ち着かない。

(アゼルスタン様のお部屋――どうしてこんなことに)

「ロンドンには慣れましたか」

「ええ。おかげさまで」

これまでも何度かこうして言葉を交わす機会はあった。だが、王宮を二つに割ろうとしている派閥の頭の二人が、いったいどんな会話を交わすのかと周囲が注目することもあり、こうした社交辞令のあとが続かない。

こんなときに限って、使用人たちの姿も見あたらない。アゼルスタンの取り巻き貴族たちも現れない。現れなくて幸いだ。こんなところを見られたら何と言われるかわからない。

エセルレッド王だって、アゼルスタンの部屋にエンマがいるのを見たらきっとおもしろくないはずだ。

(どうしよう)

落ち着かないのはアゼルスタンも同様らしく、大きくあけたままの扉から半分身体を出したまま、困った様子で、しきりに廊下の先ばかり見ている。

長身だが、比較的すんなりとした体格をしている。

言動も人一倍穏やかなアゼルスタンが、いったいどうして『戦う王子』などという荒々しい別称を持っているのか、あらためてエンマは不思議に思った。

(そもそもこういう人は、ノルマンディーにはいない)

ノルマンディーの男なら、とりあえず目についたものをほめれば良い。仕立てのいい服、派手な剣の鞘、上質な革靴、帽子の羽根飾り、ひげ、見事な二の腕。

しかしアゼルスタンは、そんなものをほめても喜びそうもない。

壁に無造作に立てかけてある地味な長剣に目がとまった。飾り物ではない。

（古風な）

柄頭(つかがしら)に貴石がはめ込まれているが、派手な作りではない。そういえばイングランドの王太子が携えている長剣については、どこかで聞いた記憶がある。エンマは記憶の引き出しの底から古(いにしえ)の王の名を引き出そうとした。「これは、ひょっとして、オファ王の？」

アゼルスタンは驚いた。

「よくご存じですね」

エンマも驚いた。けして扉から離れようとしなかったアゼルスタンが、ようやく部屋の中に入ってきたではないか。

アゼルスタンは『オファの剣』を取り上げ、エンマの目の前にそっと差し出した。受け取ろうとして無意識に両手を出したエンマに、アゼルスタンはびっくりした。「え？」

（いけない）

あわてて両手をひっこめた。もしデュドがいたらきっとまた注意されたことだろう。好奇心が過ぎるのだ。女がさわってはいけないのかもしれない。「ごめんなさい」

「持ってみたいですか？」

「いけないのでは？」

「いや、そんな決まりはないが、持とうとした女性は初めてでちょっと驚きました。大丈夫？重いですよ」

アゼルスタンはエンマの両手の上にそっと置いたが、やはりとても手だけでは支えられない。ひざの上にずしりと重い伝説の名剣に、エンマは素直に感動した。

「オファ王が実際にこれを？」

「と、伝えられています」

「すごい」

エンマは古風な細工から目が離せなかった。「確か、マーシア王でしたよね」

「ええ」

「七王国（ヘプターキー）時代の――八世紀、後半？」

アゼルスタンは感心した。「そう。アングロ＝サクソンの王たちの中でも、かのアルフレッド大王の次に強大な力を持っていたと伝えられています」

うなずいたエンマは思いを馳（は）せた。「では二百年も前の――でもこれ、この部屋に飾られているわけではありませんよね。ふだんからお腰に？」

「ええ、おれは使っています」

「戦場でも？」

「手になじむんです。今は絶えてしまった鍛冶（かじ）工房の作なので、素材が違うのか鍛え方が違うのかわかりませんが、強靭（きょうじん）なのに、しなやかでこれほど軽い」

アゼルスタンはエンマの隣にきちんと座り直すと、鞘からそろりと刀身を抜き出してみせた。鈍く銀色の光を放つ細身の刀身にエンマは圧倒された。ただの金属とは思えない。息づいているようだ。「こわいくらい」

「ええ。なかなか他の剣は持てません」

もちろん手入れも行き届いているはずだ。静かに鞘に剣を収めたアゼルスタンは尋ねた。

「ノルマンディー公はどんな剣を？」

「リシャール？」

リシャールの剣を、エンマはとっさに思い出せなかった。

「兄は、次から次へと新しい剣を作らせては、すぐ誰かに与えてしまいます。父もそうでした。いつもぴかぴかで派手な剣を携えていますが、とてもこんな重厚さはありません」

「そう」

少し残念そうなアゼルスタンは、古い名武具に興味があるのだろう。すぐにリシャールに知らせようと思った。ルーアンの宝物庫に伝説の武具が眠っていないだろうか。いやそんな話は聞いたことがない。

「イングランドでは、こうした歴史的な剣を大事にされるのですね」

アゼルスタンは苦笑した。「剣に限らず、なんだって古めかしいものが好きなんです。新しく作った革細工なんかもわざわざ汚さずにはいられない。汚して尊ぶなんておれたちくらいなものでしょう」

「それにしても、二百年――宿敵だったマーシア国の宝剣が、ウェセックス王家に渡り、こうして王太子に大事に引き継がれるまで、きっと、この剣にまつわるだけでも長い長い物語があるのでしょうね」

「ええ。おれが知るだけでも、晩餐までに語り終わりそうもありません」

落とす必要はなかった。落としてはいけないとリシャールに言われている。もしアゼルスタンがエンマに落ちれば、王とエンマの間に亀裂が入る。落とす必要はない。

それでも、エンマは言わずにはいられなかった。

「いつか聞かせていただきたいです」

アゼルスタンは少し意外そうな、うれしそうな笑顔になった。

「ご婦人にとっては退屈なだけかと」

まあ、とエンマは口をとがらせた。「それはちょっと偏見」

「失礼」

目を伏せたアゼルスタンにエンマは思わず見入った。このままもう少し話していたい。

「私、もっとイングランドの歴史を勉強してくるべきでした」

「いや、よくご存じなので驚きました」

「付け焼き刃で恥ずかしいです」

「じゃあもしよかったら――」

と、アゼルスタンが笑顔で言った瞬間、エンマの胸が高鳴った。

(じゃあ、私にもっと教えてくださる？　アゼルスタン様が？)

「よかったら、書記官のケインに時間を取らせましょうか。今父の元でウェセックス王家の史伝を書いてますが、おれたちも歴史はほとんど彼から教わりました。博識の老人で話がおもしろいので、きっと退屈しませんよ」

がっかりしたのが顔に出そうになるのをこらえた。「でも、私なんかに」

「そんな言い方はよくない」

アゼルスタンは真顔になった。

「あなたはイングランドの王妃なのだから」

深い意味はなかったはずだ。

しかしエンマは思わず次の王になるはずのアゼルスタンを見つめてしまった。

（どうしてこの人の妃じゃいけなかったのだろう？）

どのくらいそうしていただろう。先に視線を外したのは、アゼルスタンだった。

「じゃあ、ケイン先生に連絡してみるかな」

お願いしますとエンマが言い終わらないうちに、エドマンドが勢いよく飛び込んできて、抱えきれないほどの花束をエンマに押しつけた。

「きれい」

満足そうなエドマンドの襟首をアゼルスタンがつかまえたのを見て、エンマは退散した。

花を抱えて廊下を戻りながら、いまさらのように胸が高鳴った。自分は何か変なことを言わなかっただろうか。髪やドレスは乱れていなかっただろうか。今ごろアゼルスタンは自分のことをどう思っているだろう、ノルマンディーの女はおしゃべりだなとあきれているかも。

（歴史の勉強をしなくては）

アゼルスタンはさっそく父王に話してくれたらしく、数日後には、王室書記官のケインがエンマにイングランド史の講義をしてくれる段取りになった。

もちろん老ケインがエンマに落ちないはずがない。

熱の入った講義の内容を報告しがてら、アゼルスタンにお礼を言いたいとエンマは思った。ちょうど王宮あげての鹿狩りが近づいていた。

（狩り場でなら、アゼルスタン様と二人で話せるかもしれない。今度はもっと落ち着いて――ケインから聞いたばかりの楽しい歴史の話を――）

だが、楽しい園遊会が主のノルマンディーの鹿狩りと違って、イングランドの鹿狩りで最も重要とされるのは狩りそのものだった。女子どもは近づけない。

加えて、男たちの指揮をとっているのは王ではなく、実質的には王太子アゼルスタンだった。エセルレッド王は馬に乗ることさえしない。

エンマは、猟犬たちを撫でるアゼルスタンを、遠くから見つめることしかできなかった。

＊

二週間後。

猟犬係に呼ばれて猟犬小屋に来たアゼルスタンは、ころころした四匹の子犬たちに目を見張った。「驚いたな」

そのまま座り込んで一匹ひざの上に抱き上げると、他の子犬もあわててよじ登ろうとする。先に猟犬小屋に来ていたエンマも思わず微笑んだ。

「三ヵ月くらいだそうです」

「そう。ちょっと小ぶりだけどいい猟犬（ハウンド）だ。骨格がしっかりしてる」

「きっとイングランドの猟犬ほどは大きくならないと思います。よろしければ使ってみていただけますか」

「ありがたい」

アゼルスタンの喜ぶ顔はエンマを安堵させた。「先日の鹿狩りのとき、イングランドの猟犬って大きいと思って、それで、比べてみたくて兄に送るよう頼んだのですが――」

実は、アゼルスタンが喜びそうな歴史的名剣が、案の定ルーアンにはなかった。なければとりあえず優れた猟犬でもいいと書いた。その猟犬がやっと届いたのだ。

「どうして兄は子犬ばかり送ってきたのかしら。これでは大きさが比べられない」

「すぐに大きくなりますよ」

アゼルスタンはこじあけたかわいい口の中をのぞきこんだり、雄雌を確かめたりと忙しい。

「それによそから来たいい成犬を群れに混ぜるとやっかいなことが多い。このくらいのほうが自然になじみます。それで子犬を送られたのでしょう。うん、こいつは牝だ。種付けが楽しみだ」

しまった――アゼルスタンは小さくなって顔を伏せた。「失礼」

何が失礼だったのかわからないエンマは戸惑った。「え、何が？」

「すみません。ご婦人の前であるまじきことを――子犬をいじっていたのでつい」

「つい？」

アゼルスタンは赤面して言葉もない。

エンマは驚いた。「え？　種付け？」

困り切ったアゼルスタンは、とうとう笑い出した。「まいったな。勘弁してください。つい気がゆるんで」

笑っていいのかどうかエンマにはわからなかった。でもアゼルスタンの笑顔につられて笑ってしまった。同じ男性だというのに、リシャールとアゼルスタンはまるで違う生き物のようだ。アゼルスタンは律儀(りちぎ)に訂正した。

「つまり、繁殖させるのが楽しみだということです」

「はい」

エンマは笑顔でうなずいた。鹿狩りを見たときすでにわかっていた。アゼルスタンほど猟犬たちを愛おしそうに撫で続ける人はいない。

狙ったとおり、アゼルスタンはノルマンディーから届いた猟犬をこうして心から喜んでくれた。エンマも無性にうれしくなり、子犬を抱き上げると笑顔で息をついた。

「ああ、よかった」

アゼルスタンも笑顔を上げた。「何が?」

「あなたに喜んでいただけて」

うっかり口走ってしまったエンマは、ひどくうろたえた。なんてことを――下心があると白状したのも同じだ。

(つい気がゆるんで――)

アゼルスタンも戸惑っている。「この猟犬たち、おれのために?」

「いいえ、そういうわけでは」

うまくごまかすこともできない。こんなことは初めてだ。

アゼルスタンが来ているのがわかるらしく、奥のほうで成犬たちが吠えたり鼻を鳴らしたりして騒がしい。奥に向かってしっとアゼルスタンが一声かけると、猟犬小屋はたちまち静まりかえった。

アゼルスタンは、猟犬係の男たちにも出ていくように目で合図した。そしてエンマを振り返りあらためて尋ねた。「何か、相談でも?」

この失態を埋めるうまい言葉が、いつものようにすらすらと出てこない。らしくないエンマの姿は、アゼルスタンをますます心配させた。

「もし父や、父に限らず何かあるようでしたら、どうぞ遠慮なくおれに言ってください。あなたにはイングランドとノルマンディーをつなぐ大事な役目がある。来られたばかりで、いろいろと大変なのは当然です」

「いいえ思ったほど大変では――野蛮な国と聞いていたから」

「イングランドが?」

もういやだとエンマは抱いていた子犬に顔を埋めた。思ったことが、そのままぽろぽろ口から出てきてしまう。どうしたというのだろう。全然考えがまとまらない。

アゼルスタンは思わず苦笑した。「野蛮か」

「違うの、違うんです。来てすぐわかりました。ノルマンディーのほうがよほど野蛮――よく自分たちでも言うんです。『剛毅』だって」

「剛毅ね」アゼルスタンはうなずいた。「いい言葉です。きっとスカンディナビアの気風なんだろうな」

「誤解でした。イングランドの方々は、ちっとも野蛮じゃありません。ノルマン人が勝手にそう思い込んでいるだけ」

「おれだってずっと思い込んでました。あなたとこんなふうにしゃべることはないだろうなと」

エンマは驚いた。何か政治的な意図があるのだろうか。「どうして？」

「だって」

アゼルスタンは肩をすくめた。「だって『ノルマンの宝石』ですよ。宝石とこんなに気さくにしゃべれるなんて」

エンマは申し訳なく思った。「ただの娘だったでしょう？」

「まさか」と朗らかに言ったアゼルスタンが、ふとつぶやいた。

「ただの娘だったらよかったのに」

どうしてそのあとアゼルスタンまであわてだしたのか、エンマにわかるはずもない。まいったなと頭をかいたアゼルスタンはいきなり話題をかえた。「ケインの講義はどうです」

「それが、おもしろくて」

「でしょう？」

しばらく二人は歴史話に花を咲かせた。あれこれ話がはずみながらも、アゼルスタンは子犬たちをあやし続けている。犬たちが身をゆだね安心しきっているのが、犬を知らないエンマにさえよくわかった。

その夜、エンマはなかなか寝付けなかった。

「どうした」

エンマを腕に抱いて寝ていた王が心配そうに尋ねた。「何かあったか?」

いいえ、と言いながらエンマがつい笑顔になってしまったので、王は興味をそそられたようだ。「何か楽しいことがあったんだな?」

エンマはどきりとした。図星だ。楽しいことがあったのだ。

だが、王に抱かれておきながら、あなたの息子アゼルスタンとまた楽しくおしゃべりができた――などと言えるはずがない。

「猟犬たちが――兄が送ってきた猟犬たちがかわいらしくて」

「猟犬?」

「まだ子犬なんです」

ああ、と王はどうでもいいようにうなずいた。王は猟犬はもとより、狩りや戦支度(いくさじたく)に興味を示さない。そうした武張ったことはできるだけ王太子アゼルスタンに任せて、自分は執務室で書記官たちと大量の文書に埋もれている。そのほうが肌にあうようだ。

「私、時々様子を見にいってもよろしいでしょうか」

「猟犬小屋にか?」

「兄が選びに選んだ血筋の良い子犬たちです。育ち具合を知らせれば安心するでしょう」

王は肩をすくめた。彼にとってノルマンディー公は誰より大事な同盟相手だ。「ならば、少し小屋を片付けるように言っておこうか」

「ありがとうございます」

王に抱き寄せられながら、エンマはまたアゼルスタンと話せるかもしれないと思い、うれしくてならなかった。

＊

十数年もの間、デンマークの蛮行にひたすら耐え続けてきたエセルレッド王だったが、エンマと結婚してノルマンディー公国という強力な後ろ盾を得てから、少しずつ強気をのぞかせるようになっていた。

エンマとの婚礼から半年あまりがたとうとしていた秋——十一月十三日、聖ブライスの日。

王は突然勅令を下した。

「イングランド国内に居住するすべてのデーン人を殺害せよ」

驚いた王太子アゼルスタンが制止しようとしたが間に合わなかった。勅令は即日イングランド全土に公布された。

デンマーク人が完全に支配していた北東部デーンロウ地域にはさすがに手が出せなかったが、ロンドンなどの大都市や、オックスフォードなどの辺境の町に居住していたデンマーク人は片端から捕らえられ虐殺された。

デュドがエンマに知らせた。「南部デヴォンシャーに嫁いでいたデンマーク王スヴェンの実妹が、命を落としたらしい」

エンマは悲鳴をのみ込んだ。

とても人ごととは思えない。こわくていたたまれなくなった。

デュドは何度も確かめた。「王は、何の前ぶれもなくいきなりあの勅令を？」

「何も――私には何もわからなかった。あまりに突然のことで、アゼルスタン様もひどく驚かれて、止めようとしたのだけれど――」

「真面目で賢いお方が、長年恨みを募らせてきたあげく、いきなり暴発したというわけか」

やや想定外だったらしい。エンマは尋ねた。「リシャールは？」

「おもしろがるとは思えません」

デンマーク王スヴェンは、報復のため、再びイングランドに侵攻してきた。エセルレッド王は当然同盟国ノルマンディーが共に戦ってくれるものと期待した。

しかしフランスではこのころ、国王ロベール二世がブルゴーニュに出兵するという事態が起きていた。

ノルマンディー公は、名目上はフランス王の家臣である。国王を助けるという口実でリシャールはブルゴーニュに出兵した。イングランドに兵を出す気配はない。

このノルマンディー公の動きを十分踏まえたうえで、デンマーク王はイースト・アングリアから上陸すると同時にテムズ川をさかのぼり、ロンドンに迫った。

（こわい）

幼いころ、農民たちが起こした反乱がエンマの頭に生々しくよみがえった。ルーアンの宮廷が暴徒に取り囲まれ、低く恐ろしい罵声が、エンマの部屋まで聞こえてきた。あの恐怖はぬぐい去れるものではない。

だがリシャールは助けに来てくれない。

エセルレッド王も、王宮内にこもって一歩も出ようとしない。

実質的に王軍の指揮をとったのは、王太子アゼルスタンだった。戦場を駆け巡る『戦う王子』から戦勝報告が入るたびに、一同歓声をあげた。

しばらくして、デンマーク軍が撤退を始めた。

ロンドンの王宮に凱旋(がいせん)したアゼルスタンを、エンマは正面玄関で出迎えた。ふだんのアゼルスタンからは想像もつかない泥と血にまみれた荒々しい姿にぞっと震えた。

このときようやくエンマは理解した。

(だからこの人は『戦う王子』と呼ばれているのだ)

エセルレッド王はまるで戦力にならない。イングランドで頼れるのはアゼルスタンだけだ。

それにしてもこの返り血の量はどうだろう。ただごとではない。

「おけがを?」

「たいしたことはありません」

「よかった、ご無事で――」

わざとあふれさせたわけではない。こぼれる涙にエンマ自身も戸惑ったし、アゼルスタンも驚いた。「どうされました」

エンマはまわりの目をはばかりながら、震える声で詫びた。「ごめんなさい、ルーアンが暴徒に囲まれたのを思い出してしまって」

「そうか」

アゼルスタンはエンマを安心させようと静かに言い聞かせた。

「もう大丈夫です」

はい、とエンマは子どものように何度もうなずいた。アゼルスタンが大丈夫と言ってくれたのだからもう大丈夫だ。自分にそう言い聞かせるとなんとか震えがおさまった。

「兄が力になれず、申し訳ありませんでした」

「あなたが謝ることじゃない。父上は上？」

「ええ」

アゼルスタンは好機と見たか、少し声をひそめた。

「お願いがあります。もちろんおれもこれから父に意見するつもりですが、あなたからも父上に言っていただけませんか。デンマークと敵対するのは得策ではないと。話し合う余地は、今ならまだ残されています。デンマーク相手にこれ以上の暴挙に出るのは自殺行為だ」

アゼルスタンは一つ息をついた。「もちろん、あなたがノルマンディー公に黙って父上に意見できないのはわかってはいますが――」

「いいえ」

アゼルスタンの力になりたいとエンマは思った。

(陛下に言おう。いいえそれよりリシャールに頼んだら――アゼルスタン様を助けてと)


――遅かれ早かれイングランドはスヴェンの手に落ちる。

リシャールには、イングランドを救うつもりなど最初からない。デンマークがイングランドを滅ぼすときに、イングランドの王妃や王子という駒を自分の手の中に持っていたいだけだ。

声を失ったエンマに、アゼルスタンが詫びた。

「余計なことを言いました。どうぞ忘れてください」

アゼルスタンが去ると、あとには血さびのにおいだけが残された。

おそらくアングロ＝サクソンのイングランドは、アゼルスタンと共に滅びるのだろう。エンマは心が凍りつく思いがした。

（リシャール――『戦う王子』に残された時間は、あとどのくらいあるの？）

*

冬が訪れた。

初めて迎えたロンドンの冬は、噂に聞いていた以上に暗くて重々しいものだった。灰色の空から降り続ける氷雨がうっとうしくて、心まで壊死してしまいそうになる。

気晴らしに、猟犬小屋に行ってみることにした。時々、ひょっとしたらと淡く期待しながら行くものの、なかなかアゼルスタンには会えずにいる。

ところが今日は久しぶりにアゼルスタンの姿があった。群がる猟犬たちをアゼルスタンが一匹ずつ愛撫してやると、猟犬たちは安心したように離れていく。エンマに気づいたアゼルスタンが微笑んでくれたので、エンマは侍女を先に帰し、いっしょに犬たちのそばに座り込んだ。

アゼルスタンが言った。「時々来られるそうですね」

「ええ、犬たちが気になって」

「すごく元気ですよ、ほら。本当はもっと外に出してやりたいんだが、この空じゃ仕方ない。あなたも日差しが恋しいでしょう」

エンマは苦笑した。「ルーアンもそれほどお天気がいいわけではないから」

「そうなんですか」

「昔、プロヴァンスからルーアンにいらした方が、青空が見たくてどうにかなりそうだっておっしゃっていました。今ならあの気持ちがわかります」

「プロヴァンスか。プロヴァンスの香草を母が好きで——」

アゼルスタンは目を伏せた。「苗を運ばせたけどだめでした。きっと日差しが足りなかったんだろうな」

「なんて言う香草？」

名前は失念したらしい。「なんとか言う小さな花です。青い」

エンマは立ち上がると前屈みになり胸元に手を差し込みながら、そういえばリシャールが『むやみに見せてはいけない』と言っていたのを思い出し、あわてて背中を向けた。胸元から香り袋（サシェ）を引っ張り出し、ひょっとして——と差し出した。「これ？」

アゼルスタンはおそるおそる小さな布袋に顔を近づけ、首をひねった。

エンマがひもをほどいて布袋の口を開き、中の花を手のひらにこぼしたとたん、二人は南仏の香りに包みこまれた。

「これだ」

「ラヴェンダーね」

「そうか」

と言うなりいきなり顔をしかめたアゼルスタンに、エンマはあわてて香り袋の口をふさいだ。

「いやそうじゃない。エドマンドがあなたの部屋にいると死んだ母のにおいがするなんて甘ったれたことを言うから、ケツを思い切り蹴飛ばしてやったんだ。これだったんだな」

気の毒なエドマンドを思い、二人はくすりとした。

「こんなものを見せるなんて」

急に恥ずかしくなったエンマが香り袋を胸元にしまうと、少しまぶしげにアゼルスタンが尋ねてきた。「女の人は、みなそういうものを、服の下に？」

可笑しく思ったエンマはあわてて笑顔を伏せた。アゼルスタンにはまるで女っ気がない。毎週違う女を寝台の上に乗せていたリシャールとは大違いだ。

「女性がお嫌い？」

エンマは、あわてて自分の口をふさいだ。まただ。いきなり何を言い出すんだろう。耳まで真っ赤になった。「ごめんなさいおかしなことを」

アゼルスタンはばつが悪そうに苦笑した。「嫌いではないです」

「でも、じゃあ、どうして誰もいらっしゃらないの。ほら、女の人で――」

「結婚を約束した？」

「え、婚約(フィアンセ)した方がいらっしゃるの？」

「許婚？　いませんよ」

「そうではなくて――ほら、恋愛の相手？」

「恋愛？」

エンマは困ってしまった。イングランドの言葉で何というのだろう。そもそもこの国にそんな言葉があるのだろうか。「殿方と、娘が、好きあって」

ああ、とアゼルスタンは理解してくれた。「もちろんあなたもそうだったでしょうが、こういう立場上、なかなか自由にそういうことはできません。おれが不器用なこともあるし。あとはあれかな。少し前、友人がものすごい恋愛をして」

「シガファース様？」

違うと思いながら鎌をかけたが、アゼルスタンはかからなかった。

「最初はみんなで止めようとしたし、ずいぶんはらはらさせられたが、結局むりやり成就させました。とんでもないことをしでかした。あれ以来だめだ。恋愛ってやつは恐ろしい。まわりが見えなくなる――」

――まわりが見えなくなって、結局若旦那さんにも迷惑をかける。

恋してはならない人に恋すると――

「ひょっとして、恋してはならない相手だった？」

健気なロクサリーヌを思い出しながらそっと尋ねると、アゼルスタンはため息をつきながらうなずいた。「ええ」

「やっぱり」

身分が違ったのだろうか。

「どうして恋してはならない人に恋すると、まわりが見えなくなるんでしょう」

「どうしてだろうな」

会話がぷつりととぎれた。

エンマは急にこわくなった。

アゼルスタンとこんな話をするのは間違いだ。もうしないほうがいい。エンマはあわてて話題をかえた。

「プロヴァンスまでいらっしゃって、そのラヴェンダー(ラヴァンド)の株を持ち帰られたの?」

「いや、たまたま南仏からの客人がいたので送るよう頼んだんです。プロヴァンスにいらっしゃったことは?」

「私、ルーアンを離れたことがなくて」

アゼルスタンは少し意外に思ったらしい。「どうして?」

ルーアンというより、リシャールのそばを離れたことがなかった。

どうしてだろう。

よく思い出せない。

「おいアゼルスタン、こんなところでいつまで――」

呼びに来たシガファースが思わず足を止めた。アゼルスタンの隣にいるエンマを見て、あまりに驚いたらしくて声も出せない。

アゼルスタンがのんきに答えた。

「ノルマンディー公から送られた猟犬を見てたんだ」

なんだそうかという安堵顔にはとてもならなかった。シガファースは二人を困惑顔で見比べている。

「そうかわかった」アゼルスタンが笑顔になった。「こいつらのせいだ。おれにはいい男友達があまりにもいすぎる」

それで恋人の一人もできないんだとアゼルスタンが肩をすくめてみせたので、エンマも笑顔になった。

確かに、アゼルスタンを取り巻く青年貴族たちの結束の強さ、友情の厚さは驚くほどだった。リシャールにはこのような損得勘定抜きの取り巻きはいない。はたしてこれが主従関係と呼べるのかどうか、エンマにはわからない。

子犬たちを見せてくれたことを感謝して、エンマは猟犬小屋を離れた。

部屋に戻ると、しばらくしてデュドが現れた。

「さすがですね」

デュドはエンマをほめてくれた。「今、猟犬小屋から戻ってくるアゼルスタンの顔を確かめてきましたが、まんざらでもなさそうだ」

エンマは首をかしげた。「何の話？」

「『戦う王子』を落とせるかもしれない」

「落とす？」

エンマは驚いた。「いいえ、アゼルスタンは落とさない。だってリシャールが言った。ギリシア悲劇にはしないって」

デュドは肩をすくめた。「てっきり仕掛けているのかと」

仕掛けてもいないし、お遊び(ゲーム)をしているわけではない。アゼルスタンといると、うれしくなる。うまく話せるともっとうれしい。それだけのことだ。

「何か聞き出せないかと思って話をしているだけ。だいたい、落とすつもりだったら、もうとっくに落としてる」

そのときエンマは初めて気づいた。

（アゼルスタン様が私に落ちないよう、私、すごく気をつけている）

急にこわくなった。だが何がこわいのかわからない。

大丈夫。アゼルスタンが自分に落ちる様子はこれっぽっちもないのだから、自分を巡って父子が争うギリシア悲劇になんてなるはずがない。

すべてリシャールに言われたとおりやれている。イングランドの王妃として、自分はすこぶるうまくやれている。何も心配することはない。

なのに、エンマは不安を覚えた。「私、何がこわいんだろう」

デュドは眉を寄せた。「王がまた何か？」

「そうじゃない」

自分を不安にさせているものの正体がわからない。

（晴れたらいいのに――）

　晴れれば子犬たちを外に出せる。外で話ができる。青空の下でアゼルスタンの笑顔が見たいと心からエンマは思った。

＊

　暇を見つけては、エンマは猟犬小屋にでかけるようになった。半月に一度ほどはアゼルスタンといっしょになり、二人きりで話すことができた。

　王に誤解されないよう十分気をつけてはいたが、しかし、王が気づくようなことはまるでなかった。このころのエンマは、エンマ自身でも不思議なほど美しさを増し、光り輝くようだった。王は、宝とも思う若い妃を前にすると、あまりの幸福感に思考が停止するようだった。エンマは自分が王にかけた魔法に満足した。

　猟犬小屋であうと、アゼルスタンはいつも穏やかに声をかけてくれる。

「よくいらっしゃるそうですね」

　うなずいたエンマは、なぜか少し恥ずかしく思っている自分に気づいて戸惑った。どうしたのだろう、恥ずかしがるようなことは何一つないのに。

「兄に育ち具合を知らせようと思って」

「すごく元気ですよ。ほら、よく食べるし。指示もずいぶん覚えました」

「犬って賢いんですね。私、実は最初、四匹の見分けがつかなかったんですが、やっとわかるようになりました。性格が違うみたい」

「違いますね全然。人といっしょだ。こいつは賢いけれど、こいつはかなりそそっかしい。指示を覚えさせるのも一苦労です」

まあ、とエンマは本気で心配になった。「使い物にならなかったらどうしましょう」

大丈夫、とアゼルスタンはいたずらっぽく微笑んだ。

「策はあります」

それは、王太子アゼルスタンの口癖のようだった。策はある——どんな困難な状況にあっても、策が尽きることなどない。『戦う王子』アゼルスタンはよくそう言って、自分と周囲をむりやりにでも奮い立たせた。

「心配しないで」

エンマを安心させることにかけては、すでにアゼルスタンはリシャールと同じくらい上手だった。エンマは笑顔で素直にうなずいた。「はい」

犬についての他愛(たわい)もない会話や、ケインの歴史の講義の話をするときもあった。

時間を忘れて話し込むようなことはできない。

しかし、このちょっとした逢瀬(おうせ)を、エンマは心待ちにするようになった。アゼルスタンと会えると胸がどきどきしてくる。しかしちっとも苦しくはない。むしろ逆だ。エンマはときめく胸をおさえながら、どうして自分の身体がこんなことになるのか不思議でならなかった。

ある日のこと。

猟犬小屋でアゼルスタンとこの冬どのくらい寒くなるか話しているうち、ひょんなことから北欧のスケート靴の話になり、冗談も交えながら楽しく話した。

「骨をスケート靴にするなんて」

「いったい何の骨を使うんだろうな。鹿？　イノシシ？」

それからほんの数時間後。

夕食会に招待した大司教の退屈な訓話がひどく脱線した。いわく、スカンディナビアの聖職者は、トナカイの骨で作ったスケート靴を履きながら布教する。

（トナカイ！）

思わずエンマは少し離れたテーブルのアゼルスタンを見てしまった。するとアゼルスタンも愉快そうにエンマを見たではないか。

幸福感にあふれたエンマは、ごく自然に笑顔になった。言葉は必要なかった。二人は一時笑顔で見つめ合った。

急にまわりの目が気になり、エンマはあわてて目を伏せたが、それでもまだ口元がゆるむのをこらえきれない。アゼルスタンも同じ思いでいてくれたことが、エンマの心をくすぐっていた。

「どうした？」

すぐ隣に座る王にいきなり尋ねられてエンマはひどくあわてた。

「いいえ、あの、ちょっと可笑しなことを思い出して――」

少しいぶかしんだものの、まだ年若い妻に苦笑させられた王は、再び客人と話しだした。エンマは息をついた。

アゼルスタンがまだ自分を見ているような気がする。

王とのやりとりを見て、心配させたかもしれない。だが、ここでまたアゼルスタンを見てしまえば、今度こそ王に気づかれるかもしれない。

（危ない）

エンマは目を伏せたままなんとかこらえた。

そして次にアゼルスタンと猟犬小屋であったときには、もちろん、そのトナカイの骨に驚いた話をして二人でおもしろがった。

しかし、その日はアゼルスタンに執務室に戻るようにとの急な知らせが来て、アゼルスタンは先に猟犬小屋をあとにした。

久々に会えて楽しく会話を交わせたというのに、以前ほど自分の心が浮き立っていないことにエンマは気づいた。

（もっともっとたくさんお話がしたい）

犬たちの餌を運んできた猟犬係の少年が、まだエンマがいるのにびっくりしてその場に突っ立った。十歳くらいだろうか。

「ねえ、アゼルスタン様はここに毎日いらっしゃるの？」

「いいえ、三、四日に一度くらい」

「何時ごろ？」

「朝早くだったり夕飯前だったり――」

「私が誰かわかる？」

「お、王妃様でしょう？」

エンマは少年の日に焼けた顔に笑顔を寄せた。「アゼルスタン様がここにいらっしゃったら、すぐに走って王妃付の侍女まで知らせて。でも、このことは誰にも言ってはだめ」

不可解な命令に戸惑う少年にエンマは微笑んだ。「これはノルマンディー公から贈られてきた大切な犬たちでしょう？」

「ええ」

「アゼルスタン様が、兄から贈られた犬を気に入られたかどうか、それとなくお聞きしたいの。走って知らせにきてくれるわね？　誰にも内緒で」

わけがわからないままうなずいた少年に一つキスをしてあげて、エンマは上機嫌で猟犬小屋をあとにした。

廊下の真ん中で、ふと立ち止まった。

（私、まわりが見えなくなっている？）

いや大丈夫だ。アゼルスタンともう少し効率良く会って、猟犬や歴史の話をしたいだけだ。ただおしゃべりがしたいわけではない。リシャールに知らせるべき何かを聞き出すことだってできるかもしれない。

アゼルスタンが猟犬小屋に現れたら例の少年が駆けつけるという仕組みは、エンマが思った以上にうまく働いた。

知らせがくるたびに駆けつけることはさすがにできなかったが、それでも週に一度は確実にアゼルスタンと話せるようになった。

一月もたつと、エンマは少年が現れるのを朝から待ち焦がれるようになった。

（今日はアゼルスタン様にあえるかしら）

寝台で王に抱かれながらそれとなく聞き出せば、アゼルスタンのだいたいの行動予定はわかる。猟犬小屋に現れるかもしれない日は、いつ駆けつけてもいいよう朝から準備をおこたらなかった。

「猟犬小屋によく行くそうだな」

王がいきなり寝台で尋ねてきたので、エンマはうろたえた。

「ええ、ほら、兄が送ってきた犬たちが、あまりにもかわいらしくて」

「一国の王妃が、あまりあんな場所に出入りするものではない。もし何かあったらどうする」

この身体に――と言わんばかりに王はエンマの肌に傷一つないことを確かめた。

できれば飾り棚に入れ鍵をかけてしまっておきたいのだろう。それほど王はエンマを大事にしていた。

そのまま王に身体を委ねながら、エンマは眉をひそめた。

（何か勘づかれた？）

猟犬小屋にエンマがよく行くと王に知らせたのは誰だろう。王妃付の侍女たちだろうか。あれほど口止めしておいたのに――他にも余計なことを何か言っただろうか。アゼルスタンと話をしていることも？

エンマは少し心配になった。

しかし、猟犬小屋の少年が知らせに来ると、そんな心配はどこかに吹き飛んでしまった。エンマは、針を刺したままの刺繡布を放り出し、いそいそと部屋をあとにした。

外は雨。

あわてて追ってきた侍女たちからマントを受け取った。

「おまえたちは部屋に戻っていなさい」

エンマは一人マントをかぶり、猟犬小屋に足を運んだ。

(今日はどんな話ができるだろう)

ちょっと考えただけで胸が躍り、口元がゆるんでしまう。雨などまるで気にならなかった。息を弾ませながら小屋の入り口をくぐり、マントのフードをはね上げたエンマは、薄暗い小屋の中に何人かがいて、自分をにらんでいるのに気づいた。

(猟犬係?)

次第に目が慣れてきた。

「ありえない」とエンマを見ながら首を横に振っているのはイースト・アングリア伯だ。隣でノーサンブリア伯が深刻そうな顔でエンマをにらみつけている。他にも数人の青年貴族たちが、後方に座るアゼルスタンをまるで守るかのように、エンマの前に立ちふさがった。

冷ややかに尋ねたのはシガファースだ。「猟犬を見に?」

扉との間にも誰かが入り、エンマは逃げ道を断たれた。シガファースたちはゆっくり前に出てエンマを取り囲んだ。

みんなでここで自分を待ち構えていたのだ。いったい自分をどうするつもりだろう。

デュドはちょうどノルマンディーに戻っていて不在だ。助けは望めない。

「どういうおつもりです」

正面に立って尋ねるシガファースを見返すことはとてもできなかったが、精一杯答えた。

「兄から送られてきた犬たちを、見に来ただけです」

王妃とはいえ十七の娘が、何を言っても無駄だ。そのくらい彼らは王太子アゼルスタンを守る使命に燃えていて、エンマのことなどなんとも思っていない。

シガファースの兄、モアカーが尋ねた。

「猟犬係に命じられたそうですね。アゼルスタンが来たら、すぐにあなたに知らせろと」

しまった――エンマは思わず息をのみ、自分がどうかしていたことにようやく気づいた。どうしてあんなことを命じたのだろう。言い逃れできないではないか。

「待て」

うんざりした様子でシガファースたちをおさえたのは後ろにいるアゼルスタンだった。

「おどすことはないだろう」

「おどしてなんかいない。確かめてるだけだ」

一つ息をついたアゼルスタンは、エンマを取り囲んでいる盟友たちに努めて静かに言った。

「頼む。少し二人だけで話させてくれないか」

「だめだ。やめたほうがいい」

「ほんの少し話すだけだ」

「よせアゼルスタン、危険なんだ。こんな女と二人きりになったが最後――」

「いいかげんにしろ」

低い声色に青年貴族たちは声をのんだ。エンマも思わずすくみ上がった。

『戦う王子』は、だがしかしすぐに苦笑した。

「すまん――なあ頼む。子どもじゃないんだ。おれが自分で確かめる。少し外してくれないか」

男たちは不承不承(ふしょうぶしょう)ながらも従わざるを得ない。イースト・アングリア伯はすれ違いざまエンマに目礼して通り過ぎたが、モアカーは大きな肩をわざとエンマにぶつけてきた。エンマは身を縮め、ひたすら恐怖に耐えた。彼らにとってエンマは宝石ではなかった。敬愛するアゼルスタンを守ろうと敵意に満ちている。

青年貴族たちが猟犬小屋から出ていき、エンマはようやく顔を上げることができたが、それでもまだ震えがおさまらなかった。アゼルスタンが近づいた。

「すみませんでした」

穏やかな声が、エンマの不安を少し和らげた。

「おどかしてしまって――こんなつもりじゃなかった。あいつら、ひどく心配しているんです。おれがこうしてたまにあなたと会っていることを」

「心配？」

エンマにはわからなかった。王が嫉妬するのならまだわかる。アゼルスタンの盟友たちが、いったい何を心配しているのだろう。

「私が兄に、あなたがおっしゃったことを知らせるとでも――」

「かまいませんよ。そんなこと百も承知でおれはあなたと話してるし、そもそもノルマンディー公の耳に入って困るようなことは話さない。妹たちだって嫁ぎ先で見聞きしたことを知らせてきます。いや、違うんだ。あいつらが心配しているのはそんなことじゃない」

アゼルスタンは一つ息をついた。

「あいつら、あなたが仕掛けていると言うんです。おれを落とそうと」

息をのんだエンマからアゼルスタンは目をそらした。

「ほら、おれなんか、あなたにとっては赤子の手をひねるようなものらしい。そもそもあなたにかかったら、落ちない男はいないとか」

でしょうねとアゼルスタンはうなずいた。

「歴史や剣に興味があるとか、猟犬たちが気になるとか、気さくなおしゃべりも全部お芝居？最初にまずエドマンドを手なずけたのも、このおれを落とすため？」

違う――と言いかけてエンマは戸惑った。

自分はこのアゼルスタンを落とそうとしていたのか？　いったいいつから？　最初のうちはお芝居だった？　どこからがお芝居で、どこからがお芝居ではなかった？

「おれはまるで気が付かなかった。あなたの笑顔が、あれが全部お芝居だったなんて」

違う、全部が全部お芝居だったわけではない――そう言いたかった。だがどこからお芝居でなくなったのか、自分でもわからないからうまく説明できない。

うろたえるばかりのエンマは、アゼルスタンを苛立たせた。

「もうこんなふうに二人で会わないほうがいい」

そのまま出ていこうとしたアゼルスタンにエンマの身体は震えた。置いていかれる。小さなころ押し込められたあの納戸と同じだ。たった一人で毛布もなしにここに取り残されてしまう。

「待って」

なんとか声を絞り出すと、アゼルスタンが足を止めてくれた。

どうにかして引き止めたい。こちらを向いてほしい。だがなんと言えばいい？　いったいどの手管を使えばいい？　わからない、わからない。あれほど楽しくしゃべっていたアゼルスタン相手に、何一つ言葉が出てこない。

「引き止めたらどうです。泣けばいい」

アゼルスタンは目を伏せたまま言った。「あなたは涙だって自由に流せるそうですね。じゃあ城門で出迎えてくれたときに見せたあの涙も？　まいったな、あれは効いた」

「違う」

叫び声を、エンマの心が勝手にあげるとアゼルスタンが振り向いた。その濃褐色(ブラウン)の静かな瞳を見ながら、エンマは悲しかったし、もどかしくてならなかった。

「違います、あのときは、本当に――」

「では、犬をノルマンディー公に送らせたのは？　歴史の講義は？　おれを落とすため？」

「違う、違う」

声が震えた。「あなたを落としてはいけないのです。だってリシャールが言った、あなたを落としてはだめだと」

「安心して」

アゼルスタンはエンマの前に立ち、ほら、と両手を広げた。

「おれはあなたに落ちてない」

エンマはうなずいた。アゼルスタンは、どこからどう見ても自分に落ちていない。

「エンマ」

アゼルスタンはエンマを見つめながら、努めて静かに尋ねた。

「ノルマンディー公は、あなたを父上に嫁がせた。王太子のおれではなく、父上に。そのわけをあなたは公から聞かされてますか?」

(危険だから)

エンマはただアゼルスタンを見つめ返すことしかできなかった。

(あなたが危険だから)

「そう、ノルマンディー公はこのままおれが王位を継ぐことを恐れている。あなたは父上と結婚させられ、父上や貴族たちは見事にあなたに落ちた。あなたにつくかおれにつくかで宮廷は真二つに割れた。見事な手だ。ノルマンディー公はまったく見事な手を指してきた。あなたを手駒にして——でも、あなたは駒なんかじゃない。ちゃんとした一人の女性だ。こうして息をして、生きてる。なぜです。なぜ支配されたままでいるんです。彼はあなたを手駒の一つとしか思っていないのに」

エンマの心を、乾いた風が通り過ぎた。

リシャールの強い手駒になりたいと、小さなころからそればかりを考えてきた。動揺するエンマの瞳を見つめながら、アゼルスタンはそっと確かめた。

「お芝居なんかじゃない。少なくとも今この場では。違いますか」

エンマは自分が情けなかった。そのとおりだ。最初からそう言えばよかったのに。

「おれがここにきたら知らせろと猟犬係に命じたのはなぜです」

手で口をふさいでエンマは自分の答えを封じなければならなかった。会いたかったからだ。アゼルスタンを落とすつもりなんかなかった。ただ会いたかっただけだ。会ってアゼルスタンといっしょに笑いたかった――口が裂けてもそんなことは言えない。

アゼルスタンには、もうそんなことはわかっていた。

「エンマ」

「やめて」

逃げようとしたエンマは、つかまえられてアゼルスタンの胸の中にいた。逃げようとしたが、涙があふれて逃げ切れなかった。エンマの心はデュドの助けを求めた。どうしようデュド、どうしたらいい？ ――アゼルスタンに落ちてしまう。

「聞くんだエンマ。さあ、よく聞いて――あなたはおれを落としてない。おれもあなたに落ちてない――でも、もしあなたをノルマンディー公から解放できるなら、おれは今ここで、あなたに落ちてもいい」

声を失ったエンマの唇に、アゼルスタンの唇が寄せられ、そのままそっと重ねられた。

エンマは動転した。

生まれてこのかた経験したことのない優しい感触が、リシャールが秩序だてた世界をものの一瞬でひっくり返した。こんな手管は、誰も教えてくれていない。エンマはあやうくアゼルスタンに聞くところだった。

（今のは、何――？）

アゼルスタンはエンマを抱いた。「あなたを解放したい」

「リシャールから？」

できない。だってリシャールはエンマの毛布だ。どうやって毛布なしに生きていけよう。

「そんなことは――」

「できないと、公に思い込まされてるだけだ。何がそんなにこわい。あなたは自由だ。どう生きようがあなたの自由だ。どうしたい？　何をしたい。このおれにどうしてほしい？」

アゼルスタンは答えを求めた。その唇を、もう一度重ねてほしい――と願っている自分に気づいてエンマはおののいた。

「エンマ」

アゼルスタンはさらに声を低めた。

「もしあなたが望むのなら、父上からあなたを奪ってイングランド王となり、ノルマンディー公と戦ってもいい」

エンマは『戦う王子』の瞳を見つめた。

（これだ）

このギリシア悲劇のような展開をリシャールは恐れたのだ。本当だ。自分にはとてもコントロールできない。アゼルスタンをコントロールできないどころか、エンマ自身をも思うとおりにできない。


――恋してはならない人に恋すると、まわりが見えなくなる――

「行って」

エンマはアゼルスタンの手をなんとか振り払った。

「もう二度とこんなふうにお会いすることはありません」

寒くもないのに身体ががくがくと震えだしたのはなぜだろう。アゼルスタンとはもう二度と会わないほうがいい。まわりが見えなくなる。まわりが見えなくなってしまえば、リシャールの命にもかかわる。リシャールがいなくなれば、エンマだって生きてはいけない。エンマは声を振り絞った。「もう行って」

アゼルスタンは自分の中の葛藤をおさえきれないまま尋ねた。

「このまま、ノルマンディー公の思惑どおりに生きるつもりか？」

エンマはうなずいた。

そう、リシャールが言うとおりにしていればそれでいいのだ。逃れるようにエンマが背中を向けると、しばらくしてアゼルスタンはつぶやいた。

「ならば、もうあなたの瞳を見ることはしない」

エンマは思い知らされた。

アゼルスタンと二人きりで話すのはおそらくもうこれが最後だ。二度と笑顔で視線を交わすこともない。

胸が締めつけられた。がらんとした猟犬小屋に一人とり残されたエンマは、なんとか一人で息をつこうとした。

ブルターニュだろうが、ブロアだろうが、ドイツだろうがイタリアだろうがどこでもよかった。イングランド以外ならどこだっていい。

どうしてイングランドなんかに――アゼルスタンがいるところに嫁いで来たのだろう。

＊

三日後、デュドがノルマンディーから戻ってきた。

部屋を訪れると、また香ばしいにおいがする。

デュドにはおかしな習慣があって、自室のかまどでたまにパンのようなものを焼く。きっと故郷のパンなのだろう、公爵令嬢が食べるようなものではないと食べさせてくれたことはない。どれだけ粗末なものなのか一度は食べたいと思うのだが実物を見たことさえない。

「どうされました」

エンマは口をとがらせた。

どこからどう話せばいいのかわからなかった。自分でもどうしてあんなことになってしまったのかわからない。

「何かありましたか」

あったことをすべてそのままデュドに話すことを、エンマは初めてこのときためらった。少しでもギリシア悲劇の気配が漂えば、リシャールはすぐさまアゼルスタンを殺すだろう。

「アゼルスタンの取り巻き貴族たちが、エンマをすごい目でにらんでくる」

デュドは肩をすくめた。

「目障りでしょうが、『戦う王子』とその取り巻きたちはもうしばらく必要です。せいぜい勇猛にデンマーク王と戦ってもらわねば」

「またデンマークが攻めてくるの？」

デュドはうなずいた。

「アゼルスタンが追い払うでしょう。立派な王太子だ。ですが、彼の先行きは最初から見えています。単純一途でまわりに仲間が勝手に集まってくるあの手の優男は、勝算のない争いにはまり、花と散るのが落ちだ」

デュドは懐からパンを出すと、小さくちぎりながら暗い壁際に並べだした。

これもエンマにはわからない。「どうしてデュドの部屋にはいつもネズミがいるの？」

デュドは笑うことなく肩をすくめた。

ネズミはすぐには出てこない。

そういえば小さなころ、閉じ込められた納戸でエンマもネズミにパンをやっていた。

お腹をすかせたネズミたちだって、お腹がいっぱいになれば幸せに違いない。幸せになったネズミを見てほっとしたかった。いつも自分につきまとって離れない漠然としたこわさを、一時でも忘れたい。

デュドからリシャールの近況やらノルマンディー公国から見た国際情勢の話を聞きながら、エンマはパンから目を離せなかった。

しばらくして、一匹のネズミがそろりそろり現れ、パンくずを口にした。エンマはようやく微笑むことができた。

だが、すぐにのどのあたりが息苦しくなった。

どういうわけか、暑くもないのに息が上がってくる。「どうしたのかな」

「何か?」

「息が苦しい」

エンマは震える手でネズミを追い払った。

「だめ、こんなところにいちゃだめ。どこかへ行きなさい」

絞め殺される——と首元をおさえながらネズミたちを追い払った。だが肩で息をしても息苦しさはおさまらない。「デュド、苦しい」

あまりの苦しさにエンマはデュドにすがりついた。息ができない。

「どうしよう、絞め殺される——リシャールが——」

デュドは驚いた。「違う。リシャール様が殺したのはあなたじゃない」

「エンマなの、あれはエンマ」

いつかリシャールはあんなふうに自分を絞め殺す。表情もかえずに片手で息の根を止めるだろう。それでもそばにいたかった。リシャールさえそばにいれば、アゼルスタンなど取るに足りない存在だった。こんな悲しい思いをせずにすんだのに。

デュドはエンマを支えながら呪縛でも解くかのように言い聞かせた。

「二匹目はうまく逃げました」

すると、それまでの苦しさがようやく去り、エンマは息をつくことができた。

そう、二匹目はうまく逃げたんだった——思い出すうち、なんとか少しずつ息ができるようになった。

　エンマはため息をついた。

「ごめんなさい——本当はさわっちゃいけないのに」

「かまいません」

　ルーアンから戻ったばかりのデュドからは、懐かしいにおいがした。

「リシャールのにおいがする」

「そんなはずは」

「ずるい」

　エンマは涙した。

　それは、本物の涙だった。本物の涙がデュドの黒い僧服に落ちてしみていくのを見ながら、エンマはぼんやりひとりごちた。

「ルーアンに帰りたい。もうこんなところにはいたくない——イングランドなんかにいたくない。リシャールのそばに帰りたい——リシャールのそばに帰りたい——」

七

一〇〇四年、エンマは王子を産んだ。

太っちょの産婆が短い悲鳴をあげたのは、やや小さめな男児がうまれ出たすこしあとだった。元気に泣き続ける赤子をきれいにしていた産婆が、突然悲鳴をあげ、あやうく取り落としそうになった。「なんてこと、目が――」

駆け寄った女たちが皆息をのんだので、寝台の上で休んでいたエンマは不安になった。

「どうしたの？」

しかし女たちは誰も説明してはくれない。赤子はそのまま別の部屋に連れ去られていった。

「ねえ、どうしたの？」

エンマが産み落とした赤子は、先天性白皮性（アルビノ）だった。

急遽（きゅうきょ）、教会の高位聖職者たちや、王族や貴族の長老たちが王宮に集められた。そして生まれ落ちた男児の真っ赤な瞳や、透き通る白い肌を見ながら慎重にあれこれ議論を重ねた。

数日たって、ようやくイングランド王に新たな王子が生まれたことが正式に認められた。エンマはとりあえずほっとした。

どんなものが出てきたのか、見てみたい。

しかしエンマには、一日も早く身体を快復させ次の王子を身ごもることだけが求められた。王も、大事なエンマが王子の面倒を見ることなど望まなかった。エンマが初めて王子を見たのは、それから何ヵ月もあとのことだった。

元気な泣き声だけが、同じ階のどこか遠くから聞こえてくる。

乳母たちがきちんと面倒を見ているので関わる必要はまったくないし、関わり方もまったくわからない。

王子はエドワードと名付けられたらしい。よく泣くのが聞こえた。どうしてこんなにも泣くのか、エンマにはさっぱりわからなかったし、どれだけ泣かれてもなんとも思わなかった。

ふと思った。

(私、誰かと似てる――)

きっと自分の母親だ。そんな気がした。だが母親の記憶があまりにもなくてエンマには確信することができなかった。

エンマが産んだ王子エドワードは、デュドの手によって洗礼を受けた。生まれたばかりのこの王子を次のイングランド王にする勝負(ゲーム)が始められた。

しかし、同じ年、ノルマンディーから訃報が届いた。

「マティルド様が亡くなられました」

ノルマンディーの隣国ブロアに嫁いだ姉マティルドが、子どもを残さず亡くなったという。

「どうなるの」

デュドは小さく息をついた。「もともとブロアとの関係はやっかいです。リシャール様は南東の国境に不安材料を抱えることになります」

しばらくして、今度は南西の境を接するブルターニュの公爵が亡くなった。

しかしこちらはエンマのもう一人の姉アヴォワーズが産んだ幼い男児が爵位を継ぎ、伯父リシャールが全面的に少年公爵を援助した。ブルターニュとの同盟は盤石（ばんじゃく）となった。

「問題はやはりデンマークです」

デュドは淡々とつぶやいた。「イングランドに対する野心が止まりません。近々また侵攻してきます」

エンマは目を伏せた。

（まただ。またアゼルスタン様が戦場に向かわれる）

いっそ戦死してくれれば気持ちが楽になるのに――そう思いながらアゼルスタンの出陣を悶々（もんもん）と見送り、無事にアゼルスタンが戻るたび、喜びで胸がうち震える。

号泣したいほどうれしいのに、二度とアゼルスタンに声をかけるようなことはできなかった。目をあわせることもない。アゼルスタンがいつもエンマに背中を向けていたからだ。

かたくななまでにエンマを拒むアゼルスタンは、しかし、あれから何年たっても妃を迎えようとはしなかった。

市井（しせい）の愛人がいる様子もない。なぜ彼が妃を迎えようとしないのか、気になってならない。

（気にしたところで、どうにもならないのに――）

誰にも――デュドにさえ見せられないこの心の揺れに、いったいいつまで耐えねばならないのか、疲労感を覚えていたエンマにデュドが言った。

「今回は単なる略奪ではすみそうにありません」

「リシャールがそう言ったの？」

うなずいたデュドに、エンマは思わず目を閉じた。

＊

一〇一三年。

デンマークが、またイングランドに襲いかかってきた。

これまでとは明らかに様相が異なった。デンマーク王は王都ロンドンを目指し、地方都市を次々に制圧しながら軍を進めてきた。それはデュドが言ったとおり、冬を越すための略奪ではなかった。イングランドはとうとう征服されようとしていた。

『戦う王子』アゼルスタンは軍を率いて果敢に防戦したが、旗色は悪かった。イングランド軍とデンマーク軍が戦場で正面から衝突する一方、デンマークの別の船団がテムズ川をさかのぼりロンドンに迫ってきているらしいという情報も聞こえてきた。

「さあ」

デュドは少しもあわてることなく、優しく王子エドワードの手を引きながら台本でも読むように言った。「ルーアンの伯父上様の元に参りますよ」

エンマは驚いた。「でも」

デュドは不可解なものでも見るようにエンマを見た。「でも？」

エンマにはロンドンを離れることはできなかった。

「まだアゼルスタン様は戦場に」

「おかしなひとだな」

デュドは微笑んだ。「戦が何よりお嫌いなのに——それに、ルーアンに帰りたいとあれほどおっしゃっていたじゃないですか」

この混乱の中にあってもデュドはリシャールとの連絡手段を保っていた。それだけではない。リシャールは前々からスカンディナビアのヴァイキングの傭兵たちを積極的に雇い入れ、彼らを通じてスヴェンとも秘密裏に通じていた。

「ロンドンは陥落します」

ロンドンやイングランドがどうなろうが、エンマにはどうでもよかった。

「でもまだアゼルスタン様が」

「戦う前から勝敗はついていました。アゼルスタンがまだ生きているとは思えない」

うそ、と心の中で叫んだ瞬間、どこかの糸がぷつりと切れた。エンマの心は力なく漂い、どこかの戦場で無惨に倒れたアゼルスタンの死体が見えた。

（アゼルスタン様はもう戦死された——。どれだけここで待っても、もう二度と戻っていらっしゃらない）

心が妙に軽くうつろになった。これですべて終わったのだ。もう悲しい思いやつらい思いに耐えることもない。

「さあ、リシャール様がお待ちです」

デュドは王子エドワードの手をしっかりと握っている。

この駒こそ、リシャールが何年も待ち望んだ大事な手駒だった。失うわけにはいかない。

頭ではそうとわかっているのだが、身体が動いてくれない。

「さあ」

デュドに肩を抱かれるようにして、控え室に出た。そこでちょうど戻ってきた国王に出くわしてしまった。エンマが王子を連れ、故国ノルマンディーに落ちようとしていることに王は気づいた。許されるはずがない。足止めされるのは確実だ。

しかしエンマには何も考えられなかった。

(もうどうなってもいい)

「ちょうどよかった。今お迎えに上がるところでした」

デュドが声をひそめて王に打ちあけた。「船の用意ができております。ルーアンでノルマンディー公がお待ちです」

来るはずがないと、エンマはデュドの横顔を見た。仮にも一国の王が、こんなにやすやすと国を捨てられるはずがない。

だが王は、ひどく焦った様子でエンマの手をしっかりと取ると、一も二もなくデュドにうなずいた。「よし行こう」

エンマにはわけがわからなかった。

なぜこの男がこうしておめおめと生きのびようとしているのに、アゼルスタンは命を落とさなければならなかった。いったい彼は何のために死んだ？

国王の不在はすぐに知れ渡るはずだ。王宮は大混乱に陥るだろう。デンマーク王は何の抵抗も受けずにロンドンに入城し、エセルレッドが投げ出していった王冠を苦もなく拾う。

（もう、どうでもいい）

悲しみも怒りも、安堵も喜びもなかった。

故郷ルーアンに連れ戻されるエンマの心には、ただ乾いた風だけが通り過ぎ、その風には、どこかラヴェンダー（ラヴァンド）の香（か）がほのかに交じっていた。

*

ルーアンに亡命してきたイングランド王一家を、リシャールは喜んで迎え入れた。エセルレッド王の苦労をねぎらい手厚くもてなした。

その日の夜。

夜が更けて、エンマがリシャールの寝室の扉をあけると、リシャールは公妃ジュディットと共に寝台で休んでいた。

エンマに気づいたジュディットが、驚いて短い悲鳴をあげた。

「何をしている」

リシャールは静かに言った。

「どけ」

ややあってから、どけと言われたのが自分だと気づいたジュディットがもう一度悲鳴をあげた。嗚咽をもらしながらジュディットが寝室を飛び出すまでもうしばらくかかったが、エンマは辛抱強く待った。

とりあえず毛布がほしい。自分にはくるまる毛布が必要だ。

寝台に上がったエンマを、リシャールは抱き寄せてくれた。

「たいしたものだ。国王まで連れて戻るとは」

「勝手についてきただけ。もう、あんな男、見るのもいや」

「かわいいエドワードを片親にする気か？　それはまだ少し早い」

どうでもいいとばかりにエンマはリシャールの懐深くもぐり込んだ。リシャールは可笑しそうに尋ねた。「イングランドの男どもはそんなにたやすかったか」

エンマは疲れた頭を横に振った。

「アゼルスタンは落ちなかった」

すでに死者となった王子をふんと鼻で笑ったリシャールにエンマは聞いた。

「リシャール、私強い駒になれた？」

「ああ」

不思議そうにリシャールはうなずいた。「嫁いでいったときよりも美しい」

「キスしてリシャール」

リシャールは身体を起こしエンマに唇を重ねてくれた。だがエンマの胸は少しも高鳴らない。

「違う、もっと――」

エンマはもう一度リシャールと唇を重ねた。

（違う）

エンマは理解した。あんな荒々しく熱い出来事は、もう二度と自分の人生では起こらない。

「リシャール、エンマ眠りたい」

リシャールという名の上質な毛布で自分をくるむなり、エンマは意識を失った。

眠りたかった。何も考えず、眠り続けたい。あとはすべてこのリシャールがやってくれる。何もかも忘れて眠りたかった。たとえ二度と目が覚めなくてもかまわなかった。

*

十日ほどたつと、混沌（こんとん）としたイングランドの情勢がようやくドーバー海峡のこちら側にも見えてきた。

執務室に届いたばかりの密書に目を通していたリシャールが、思わず苦く笑った。何事かとデュドが顔を寄せてのぞきこんだ。

エンマは、すぐそばのソファで休んでいた。イングランドの情勢にもう興味はなかった。夫エセルレッドや王子ともいたくない。彼らと顔をあわせずにすむには、このリシャールの私的な執務室にこもるしかない。

デュドが思わずうなった。よほど思いがけない内容だったらしい。

リシャールは楽しそうだ。

「何をしているスヴェン。口ほどにもない。国を失った王太子に手を焼くとは」

エンマは顔を上げた。

「生きている」

リシャールは、エンマの反応を確かめながらゆっくり密書を読み聞かせた。「アゼルスタンは、戦場でかろうじて勝利をもぎとったものの、すでにスヴェンが入城を果たしたロンドンには戻れず、武装したまま北部を転戦している」

（帰らねば）

エンマはうろたえた。

真冬の北イングランドを、兵たちを引き連れ、転々とするアゼルスタンの姿が浮かんだ。どうして自分はロンドンを捨ててきてしまったのだろう。王まで連れてきてしまって——かろうじて勝利したというのに、アゼルスタンの帰るところがなくなってしまったではないか。

しかし、もうどうすることもできなかった。もちろんイングランドに戻ることもできない。ロンドンはすでにデンマーク王の手に落ちた。

「デュドの嘘つき」

エンマは声を震わせた。「アゼルスタン様は死んだと言った」

心外だとばかりにデュドは肩をすくめた。

「生きているとは思えないと申し上げただけ」

確かに、生きのびられるとは思えない戦況ではあった。なぜぎりぎり最後の最後まで勝利を信じロンドンで待てなかったのだろう。エンマは自分の判断を悔やんだ。

「さあ。どうするかな」

リシャールは楽しそうだが、デュドは書面をあらためて読み直しながら青ざめている。

「危ないところでした。もしエセルレッド王に何かあったら、今ごろアゼルスタンが王冠をかぶっていました」

「エセルレッドは、今しばらく生かしておく」

リシャールはデュドに笑顔を向けた。「おまえはロンドンに戻り、スヴェンの苦労をねぎらってこい」

うなずいたデュドを、リシャールはほくそ笑みながらながめた。

「おまえの本来の僧位にふさわしい、豪華できらびやかな僧服で行くんだぞ。スヴェンが思わず首を垂れるようなありがたいミサを挙げてやるがいい。あの野蛮な海賊王が改宗していて本当によかった。同じキリスト教徒として、喜びに堪えん」

＊

年があけて一〇一四年。

武力によってイングランドの王位を奪い取ったばかりのデンマーク王スヴェン一世が、ロンドンで急逝（きゅうせい）したらしい——そんな信じがたい知らせがあいついでルーアンに届けられた。

情報源によって死因は異なり、落馬とも、病による突然死とも伝えられた。

いずれにせよ、イングランドを欲し続けた凶暴なデンマーク王のロンドン滞在は、たった五週間で幕を閉じることになった。

北ヨーロッパは大混乱に陥った。

母国デンマークでは、王太子ハーラル二世が王位を継いだ。

だが、ノルウェーは決起した。決起するよう背後で援助したのはもちろんリシャールだ。その結果、ノルウェーはデンマークから見事に王位を奪還した。隣国ノルウェーを失ったデンマークの国力は、大きくそがれた。

イングランドの王位も宙に浮いた。

父王が武力で奪い取ったばかりのイングランド王位を、デンマークの新王はもちろんいっしょに継ごうとした。

しかしイングランドで軍を率いていたのは弟王子クヌートだ。軍の内部から声があがった。

「イングランドの王位は、クヌートが継ぐべきでは？」

クヌートと本国にいる兄王との関係が、微妙にこじれた。

そこにリシャールが抜け目なくつけこんだ。

「イングランドの王座には、ノルマンディーに亡命中のエセルレッドが復位するべきだ」

デンマーク軍船の補給基地はノルマンディーにあり、クヌートの命運を握っている。

そして、アゼルスタン率いるイングランド軍はまだしぶとく健在だった。ノルマンディー公国や本国の援護なしにクヌートが戦い続けることはできない。

結局クヌートは軍をまとめ、デンマークに引き上げざるを得なくなった。

エセルレッドはイングランド王に復位することになり、王妃エンマや王子エドワードと共にルーアンを離れ、ロンドンに戻ることになった。

どこかいそいそと船に乗りこむ妹の後ろ姿を見送りながらリシャールがデュドに言った。

「天使が、戦い方を覚えたようだな」

デュドはうなずいた。「今度の戦もエドマンドの活躍があってこそ、なんとか劣勢を挽回できたとか」

「ならばもう『戦う王子』はいらない」

リシャールはデュドの肩に手を置いた。

「目障りだ」

デュドがうなずいたときには、すでにリシャールの背中は遠ざかっている。

*

ほぼ二ヵ月間イングランドの地方を転戦していた王太子アゼルスタンたちが、ようやくロンドンに戻ってきた。復位したばかりの父王エセルレッドが出迎えた。

だが、両者の間にあいた溝は、そう簡単には埋まりそうもなかった。アゼルスタンたちがまだ戦場で命のやりとりをしていた最中、王はロンドンを捨てノルマンディーに逃亡したのだ。

アゼルスタンの取り巻き貴族たちは、王の手を引き逃亡をうながしたエンマを憎みに憎んでいるという。当然だとエンマは嘆息した。

（アゼルスタン様も、そう思っていらっしゃるのだろうか）

王はさすがにばつが悪かったのか、それとも、ノルマンディーから連れてきた料理人を自慢したかったのか、身内の食事会を開きアゼルスタンとエドマンドを招こうと言い出した。

「うまいものを食わせれば機嫌も直る」

アゼルスタンと同じ場にいられることはうれしい。しかしエンマに目もくれず、口もきこうとしないアゼルスタンといるのはかえってつらい。相変わらずアゼルスタンのこととなると揺れまくる自分の心に、エンマはすっかり憔悴(しょうすい)した。

それでも、ノルマンディーから持ち帰った新しいドレスに着替え、髪を結い直すうち、アゼルスタンに久しぶりに再会できる喜びのほうが勝(まさ)ってきた。衣擦(きぬず)れの音をたてながらエンマが食堂に入っていくと、アゼルスタンはすでに席についていた。

もう二度と会えないと思った人の背中が、目の前にあった。それだけでエンマの心は満たされた。たとえアゼルスタンが自分を見ようとはせず、自分がどう思われようが、アゼルスタンが生きていてくれたことを、何かに感謝せずにはいられなかった。

エンマが王の正面——アゼルスタンの隣の席に着いた。

「おお、また一段と美しい」

王はエンマのあでやかな姿に満足し、どうだ、とアゼルスタンたちに同意を求めたのでアゼルスタンは静かにうなずいた。ノルマンディーの食材の説明をしながら盃(さかずき)を手にした王に、隣のエドマンドが目の前にあったワインをついでやった。

エンマはうらやんだ。

あんなふうに、自分もさりげなく隣のアゼルスタンの盃にワインをついであげられたらいいのに。戦の苦労をねぎらいたい。

（許していただけるだろうか）

デュドが今ロンドンにいないので、毒など入っていないことをエンマは知っている。

しかし、アゼルスタンは警戒しているはずだ。盟友たちも注意したに違いない。

（口をつけていただけないのなら、最初からつがないほうがいい――）

すると、王の自慢話にうなずきながら、アゼルスタンがテーブルの上の自分の盃を、さりげなく、ほんの少しだけエンマのほうにおしやった。

エンマは思わずアゼルスタンの横顔をうかがった。

自分のつぐワインを飲んでくれるのだろうか。瓶を取る手が震えた。

「兄さん」

いきなりエドマンドが声をあげたので、エンマは思わず瓶を取り落としそうになった。

「なんだ」

アゼルスタンは不快そうに弟王子をにらみつけた。

それ、飲まないほうがいいのでは――とでも言いたげにエドマンドが見ぶり手ぶりで止める間もなく、アゼルスタンは盃をエンマにつき出した。無言でうながされるままエンマが震える手でワインをつぐと、アゼルスタンは一息できれいに飲み干した。その間、一瞥もエンマにくれなかった。エンマは思わず視線を伏せ、うれし涙をこらえた。

「クヌートは手強い」

と、アゼルスタンはいきなり対峙したばかりのデンマーク第二王子の名を出した。

「死んだスヴェンも獰猛な武将でしたが、クヌートには知略を感じます」

王には戦場の話がおもしろくなかったらしく、渋い顔になった。

「まだ若いのだろう？」

「ええ」

アゼルスタンはノルマンディーの料理を無造作に口にした。「エドマンドと年はそうかわりません。剣を交えたそうです」

エンマは、息をのんでエドマンドを見た。「その、クヌートとやらと？」

エドマンドは、ややほほを紅潮させながらうなずいた。

「少しだけです。決着はつけられませんでした」

王が冷ややかに微笑んだ。「泣き虫エドマンドがなあ」

「父上」

アゼルスタンは低い声に力を込めた。「今回の戦、誰に聞いても口を揃えて言うでしょうが、このエドマンドのめざましい働きがなければ、絶対に挽回できませんでした。もう子どもではありません。エドマンドは立派な武人で、どんな大きな部隊でも率いることができます。私も片腕としてますますエドマンドを頼りにするので、どうぞ父上も存分に頼りにしてください」

うれしかったのだろう、エドマンドは真っ赤になり、王はしぶしぶうなずいた。「わかった」

アゼルスタンは悠然と食べながら続けた。

「デンマークの国内が落ち着き次第、新しい王はすぐまた兵を動かしてくるでしょう」

「確かか」

「はい。率いてくるのが王弟クヌートであろうがなかろうが、ロンドンの防備は考え直さねばなりません。どうぞ評議会に働きかけ――」

「あのやりての評議会議長は、どうも『戦う王子』が苦手のようだな」

にやりとした王にアゼルスタンも苦笑しながら、評議会議長ライアンとそりが合わないことを認めてうなずいた。

「ですから、お手数ですが、父上自ら評議会に働きかけていただき――」

ふと口を閉ざした。

エンマも気づいた。食堂と廊下の間に垂らされた帳の隙間から誰かがのぞいている。

アゼルスタンに指示される前に、エドマンドが席を蹴った。あわてて逃げようとした小さな侵入者はエドマンドに手早く捕らえられた。

「こら、子どもが起きてる時間じゃないだろう」

「だってやっと異母兄さんたちが帰ってきたのに――」

エンマが産んだエドワードは、十歳になっていた。白金色の髪の異母弟をエドマンドが連行すると、アゼルスタンは静かに尋ねた。

「ノルマンディーはどうだった」

エドワードは悔しそうに赤い唇をかんだ。

「みな、ぼくを見て驚いたり、目をそらしたり――」

「当然だ」

アゼルスタンはうなずいた。「で、おまえはどうした。憤慨したか。こそこそ逃げたか」

「いいえ」エドワードは薄い胸を張った。

「アゼルスタン異母兄さんにいつも言われていたから、あいさつして、きちんと自己紹介をしました。ノルマンディーなまりのあるフランス語（ノルマン・フレンチ）が結構通じた」

アゼルスタンは目を細めた。

「しっかり勉強していたからな」

耳まで真っ赤になったエドワードに、アゼルスタンは優しく言いきかせた。

「初めておまえを見れば、誰でも驚く。見慣れないものに人が驚くのは当たり前だ。驚くあまり、おまえのことをどう思ったらいいか、何と声をかけていいかわからない。優しい人ほどなんと声をかけようかと悩むはずだ。だから、そんなときはおまえのほうからちゃんとあいさつして、教えてやればいいんだ。おまえはりっぱなイングランドの王子だとな」

アゼルスタンは立ち上がると、異母弟をいきなり抱き上げた。

「ちゃんと鍛えていたか?」

エドワードがうれしい悲鳴をあげるのを見ながら、エンマは不思議で仕方ない。

アゼルスタンがエンマではない他の誰かに、これほど優しくしている。普通ならおもしろくないはずだ。心は穏やかでなくなるだろう。

しかし今、二人を見ているエンマの心は穏やかだった。いやそれ以上だ。さらに不思議なのは、王子エドワードの笑顔だ。最近エンマは彼の笑顔を見るとうれしくなる自分に気づいた。どうしてこの子が笑うと自分までうれしくなるのだろう。自分の心がさっぱり理解できない。

アゼルスタンがエドマンドに頼んだ。「寝床に放り込んできてくれ。こんな時間にふらふらしてちゃ大きくなれん」

そしてエドワードに言い聞かせた。

「早く大きくなれ。大きくなって、イングランドを助けてくれ」

柔らかいアゼルスタンの表情を見るうち、エンマはどうしても伝えたくなった。一言だけでいい。あなたがお元気そうで安堵したと——ご無事で本当によかったと。

しかし、直接言うことは許されない。

エンマはエドワードを追うふりをして廊下に出た。

不満そうなエドワードをなだめるようにエドマンドが歩いている。

エンマが嫁いですぐのころ、このエドマンドは、頼みもしないのにエンマのために花を摘み、部屋まで届けてくれる天使のような少年だった。

シガファースら盟友たちの鉄の壁に阻まれアゼルスタンには近づけなくなってしまったエンマだが、活発でどこにでも一人で現れるエドマンドにならこうしてたまに声をかけることができる。そればかりではない。人がいいエドマンドは、敬愛する兄アゼルスタンが最近どんな様子でいるか、エンマが尋ねるままにこにこと話してくれる。

「エドマンド様」

エドマンドが振り向いた。

エンマはいったん顔を伏せた。

「ご迷惑をおかけして申し訳ありません」

「迷惑だなんて」

アゼルスタンに届くことを願いながら、思いを口にすると、語尾が震えた。

「お元気そうで、安堵いたしました――本当にご無事でよかった」

赤くなったエドマンドは、あわてて目をそらした。

＊

イングランドの王宮は二つに割れつつある。

ノルマンディー公国との同盟をより強固なものにしようという貴族たちは『エマ派』と呼ばれた（エマはエンマの英語読み）。中心となったのは王と王妃を取り巻く貴族たちだ。

ノルマンディー公のおかげで復位できた王にとっては、ノルマンディーとの関係が以前にもまして心の支えになっていた。公の実妹であるエンマを頼ると同時に、美しい『ノルマンの宝石』に夢中で、もはや言いなりだ。王は、エンマが産んだ王子エドワードを次の王にしたいらしいという噂まで聞こえてきた。

一方。

このままむざむざノルマンディーに取り込まれるくらいならば、いっそデンマークと同盟を結んでノルマンディー公と対決すべきだと主張するデンマーク寄りの貴族たちは『デーン派』と呼ばれるようになった。中心となったのはアゼルスタンの盟友たちだ。

彼らにとって次の王は『戦う王子』アゼルスタン以外考えられない。

一触即発の状態にある両派が衝突しないよう、かろうじておさえていたのは、当のアゼルスタンとエンマだった。

アゼルスタンは盟友でもある『デーン派』貴族たちを、今は国内で割れている場合ではないと説得しつつ、軍を立て直してデンマークの再来に備えた。

そしてそんな王太子アゼルスタンを間違っても排除することのないよう王をおさえることができるのは、最愛の王妃エンマしかいなかった。

エセルレッド王が復位して四ヵ月。

デンマークでは、新国王の弟クヌートが、再びイングランドの東海岸に侵攻する準備を始めていた。再びイングランドは、凄惨な戦場になろうとしていた。

そんな最中――一〇一四年六月。

しばらく患っていた『デーン派』の重鎮貴族ローフが、イングランドの先行きを憂いながら息を引き取った。

*

その日、エンマはローフの葬儀に参列した。

ひそかに期待していたとおり、少し離れてアゼルスタンを見られる席に座ることができた。ヴェールをかぶっているから、どれだけアゼルスタンを見つめようが誰にも気づかれない。

(ますます堂々とされて――)

皆が居並ぶ前では、もちろんこんなふうに見つめ続けるわけにはいかない。それでなくてもアゼルスタンを取り巻く盟友たちは、王妃であるエンマを目の仇にしている。気づかれれば何を言われるかわからない。

だが今日は、ヴェール越しではあるが、こうしてしばらくアゼルスタンを見ていられる。亡くなったローフには申し訳なかったが、エンマはひそかな幸せをしばらくかみしめた。

アゼルスタンが、隣のエドマンドと何やら言葉を交わしながらちょっと首をひねった。

何かがわからなかったらしい。厳粛な葬儀の最中だというのに、アゼルスタンが斜め前に座った盟友シガファースの背中をつついた。彼らしくない行動にエンマは驚いた。

(どうしたのだろう)

振り向いたシガファースにアゼルスタンが短く耳打ちしながら、指さしはしなかったものの、何かを目で差した。シガファースがその視線の先を追って振り返った。

棺の横に、夫を失ったローフの妻が泣き崩れていて、親族だろうか、二人の貴族の娘に介抱されている。

シガファースが、いやわからないなとばかりに何度か首を振って肩をすくめた。首をかしげながらアゼルスタンと一言二言小声でやりとりし、また前を向いて式に戻った。

そのあともアゼルスタンは棺のほうを食い入るように見つめている。

(あの娘?)

エンマは動揺した。

未亡人の背中に手を当てているあの娘の素性を、アゼルスタンは尋ねたのではないだろうか。

もし素性がわかっていれば、葬儀の最中にわざわざシガファースに声をかけたりしない。

娘は、まだ結婚前の装いでヴェールもかぶっていない。

（どうしてアゼルスタン様が、あんな娘を――）

浮いた噂がまるでないアゼルスタンが、どうしてあの娘の素性を確かめようとしているのか、エンマは気になって仕方なかった。娘は目を引くほど美しいというわけではないが、不器量ではない。

死者に神が永遠の安息を与えることを皆で祈り、厳粛な式が終わった。

ほぼ同時に、アゼルスタンの隣に座っていた弟エドマンドが席を立ち、棺を囲むローフの親族のほうに行くではないか。

アゼルスタンは――と見ると、礼拝堂をあとにしながら、どうにも気になるらしくエドマンドを何度も振り返っている。

（まさかあの娘の素性を確かめろと、エドマンドに？）

いやだ、そんなことはさせない、とエンマはエドマンドのあとを追った。

エドマンドはローフに最後の別れを告げようとする多くの弔問客に行く手をはばまれながら、あたりを必死に捜している。あの娘を捜しているのだ。エンマはヴェールをはね上げながら背中に声をかけた。「エドマンド様」

無防備に振り向いたエドマンドが、エンマを見て驚きまぶしそうに目をそばめた。

「どなたかおさがし？」

エドマンドは明らかに動揺した。「いや、逃げ出すところです。教会は苦手だ」

「まあ、いけない坊やね」

エンマは微笑んだ。「でも私も苦手」

一瞬引き込まれそうになりながら、エドマンドはなんとか笑顔であとずさった。「苦手な割には今日もきれいだ。喪服も似合う」

「まあ」

失礼、と逃げ出したエドマンドにエンマはあきれてしまった。

(生意気なことを言うようになった)

しばらく目で追ったが、結局エドマンドはあの娘を見つけることができなかった。エンマはほっとした。

と同時に、ひどくみじめな気持ちにさせられた。

(どうかしている。私が、あんな小娘なんかに)

アゼルスタンのことを考えるのはもうやめよう。二度とこんなみっともない真似はするまい——と思ったものの、どうにも気になってならない。

アゼルスタンは、あの娘の正体をつきとめたのだろうか。

「ねえデュド」

王が飲む薬湯を調合しにきたデュドに、できるだけさりげなく尋ねてみた。

「今日ローフの葬儀でね、未亡人が泣いていたでしょう」

「ええ」

「そばで介抱していた——」

「お気づきでしたか」

一段高いところから葬儀の参列者を見下ろしていたデュドは苦笑した。

「死んだローフはあの娘の名付け親だというし、あの様子ではどうやら行き来もしていたようだ。いくら表に出したくない娘とはいえ、ローフの葬儀に連れてこないわけにはいかなかったのでしょう。外見に事情があって表には出せないという噂はうそでしたね」

エンマには事情がわからない。「誰なの？」

デュドは少し首をかしげた。

「未亡人の背中を撫でていた娘でしょう？」

「ええ」

「イースト・アングリア伯があわててヴェールをかぶせて連れ出したからには、あれがかのグンデヒルダ姫の忘れ形見に違いありません。しかし、棺の前に飛び出してくるとは、伯爵もさぞあわてたはず」

「グンデヒルダ？」

デンマーク王家血筋の娘が、駆け落ち同然でイースト・アングリア伯の元にきたものの、数年で死んだという話なら、ずいぶん昔に聞いたことがある。エンマは首を横に振った。

「ううん違う。だってもしあれがイースト・アングリア伯の娘だったら、アゼルスタン様が知らないはずない」

「アゼルスタン？」

「だって葬儀の最中だっていうのに、あれはどこの娘だと、しきりにエドマンドやシガファースに確かめていたもの」

「アゼルスタンが——？」

デュドの淡褐色(ヘーゼル)の瞳が、めずらしく驚きと動揺に揺れた。

「じゃあ――」ようやく理解しかけてきたエンマは、あわてて口を閉ざした。

つまり、イースト・アングリア伯は、愛娘(まなむすめ)を、盟友であるアゼルスタンにさえ引き合わせずに、自分の領地でひっそり隠すように育ててきたのだ。どうして――。

(しまった)

この話、デュドにするべきではなかった。アゼルスタンの名を出したことをエンマは後悔した。「もういい、忘れて」

デュドは口を閉ざしたまま考えこんでいる。

あわててエンマもデュドのあとを追うように考えを巡らせた。イースト・アングリア伯は、愛娘をアゼルスタンをはじめとする盟友たちにさえ引き合わせず、隠すように育ててきた。なぜだろう。きっと愛娘を国家間の政争に巻き込みたくなかったからに違いない。

それほどあの娘の出自は、ただごとではなかった。

(デンマーク王家の血を引くあの娘を、もし王太子であるアゼルスタン様が見初めて妻に迎えるようなことがあれば、三国間の関係が大きく揺らぐ)

ノルマンディー公国にとっては、最も望ましくない展開になる。

「あんな娘、いないほうがいい」

エンマはあわててデュドに頼んだ。「あんな娘はいないほうがいい。そうでしょう?」

返事をしないデュドにエンマはぞっとした。

デュドはきっとアゼルスタンを殺すことを考えている。

「やめてデュド、そんなこと考えちゃいけない」

デュドは瞳を上げた。「ですが、リシャール様の指示はもうとっくに出ている」

エンマは動揺した。

「でも——でも『戦う王子』はまだ殺さないって、リシャールが」

「それはもう昔のこと。今はエドマンドが軍を率いて戦える」

「あんな坊や」

エンマは首を横に振った。「あんな坊やに、アゼルスタン様の代わりが務まるはずがない」

デュドは小首をかしげた。

「まさか、アゼルスタンの命乞いをするおつもりか？」

凍りついたエンマの顔を、デュドはのぞきこんだ。

「何のために、こんな島国に嫁いで来られたのです」

エンマには、すぐ思い出すことができなかった。何のために、自分はこの島国に嫁いできたのだった？

「勝負に、勝つため？」

「そのとおりです」

デュドはうなずいた。「リシャール様を失望させたくなければ、強い駒のままこの盤上にとどまることです。いまさらおりることなどできません」

そして、おりることのできない盤の上には、このデュドもいっしょに乗っているのだった。ネズミを目にしたわけでもないのに、息苦しさに襲われたエンマは声も出せなかった。

いなくなればいいのに――そうつぶやくだけで、エンマの願いはかなってきた。

最初に願いがかなったのは、五歳のときだ。死んだのは、あの口うるさくて手の早い養育係だ。名前は忘れた。

いやらしい目でエンマを何度かぞっとさせたあの庭番の男も、いつもの昼寝から永遠に目覚めなかった。エンマとの婚姻を執拗に求めてきたイタリアの大貴族も、朝風呂の最中に鼓動を止めたという。女中の何人かも、ある日ふっといなくなった。どれも名前は忘れた。

いなくなればいいとエンマが望んだわけではないが、アゼルスタンやエドマンドの母である前王妃がただの病気で死んだのではないことも、薄々は知っている。この二月、デンマーク王スヴェンが都合よく急死してくれた。その死にも、デュドがかかわっているのかもしれない。

つまり、それがデュドという駒が持つ特殊な能力だった。

聖職者であるデュドが実際どうやって人を冥界に送り込んでいるのか、エンマには見当もつかなかった。だから、気をつけてとアゼルスタンに知らせたくても、いったい何に気をつければいいのかわからない。まさかデュドに気をつけてと言うわけにもいかない。王妃付の聴罪司祭（コンフェッシオ）であり、リシャールとの連絡役であるデュドを失うことはできない。

だいたい、知らせるといっても誰に知らせるのだ。アゼルスタンには、もはや一歩も近づけない。彼を取り巻く青年貴族や従者たちは、皆自分の命よりもアゼルスタンを大事に思い、敵対する派閥の象徴である王妃エンマを毒蛇か何かのように警戒し、憎んでいる。

エンマの話をまともに聞いてくれるはずがない。

（どうしたら――）

どう動くべきかは、これまですべてリシャールやデュドが教えてくれた。

エンマはそのとおりに動くだけで、万事うまく運んできた。自分で考えたのは、せいぜい目の前の男をどの手管で落とすか――それくらいだ。

自ら動いたことがないエンマは今、一歩も前に足を踏み出すことができなかった。アゼルスタンが死ぬようなことがあってはならない――だが、どうしたらいいのかわからない。

頼れるのはデュドだけだ。

（もう一度デュドとよく話してみよう。一生懸命エンマがお願いすれば、きっと何かいい方法を考えてくれるはず）

よく眠れぬまま、王の腕の中で夜があけた。

その日も、飽きることなく冷たい雨が降り続いていた。六月だというのに薄ら寒い。礼拝堂での朝ミサのあと、エンマは懺悔したいことがあると言って一人残り、礼拝堂のすぐそばにあるデュドの部屋で、僧衣の着替えに戻ってくるはずのデュドを待った。

かすかに香ばしいにおいがする。

暖炉（だんろ）には火が残っていた。また何かパンのようなものを焼いたようだ。よほど懐かしいらしい。

（デュドって貧しい家に生まれたのかな）

何度か尋ねたことがあるが、話してくれたことはない。

乾いた空気が恋しくて、エンマは消えかけた暖炉の火を火かき棒でかきまわした。いったいどう言ってデュドに頼めばいいだろう。アゼルスタンだけは殺してほしくないのだ。何と言って頼めばいい。

考えあぐねたエンマは、ふと手を止めた。

暖炉の中に、何か燃え残っている。

（御聖体（ホスチア）？）

それは、ミサの聖体拝領の際、司祭が割って、参列した信者一人一人の口の中に入れてやる薄いパンのようなものだった。そうに違いない。エンマは驚いた。

（デュドが部屋でいちいち焼いているの？）

どこかの修道院でまとめて焼かせているのだと思っていた。もっとよく見て確かめようと身をかがめたエンマは、暗がりのネズミに気づいて悲鳴をあげながら飛び下がった。あわてて胸をおさえて呼吸を整えながら口の中で唱えた。「二匹目はうまく逃げた」、「二匹目はうまく逃げた」

――だが、息苦しさはおさまらない。

（どうしてデュドの部屋にはいつもネズミが――）

何かがおかしい。エンマはおそるおそる振り返った。部屋の隅に長々とのびたネズミは、完全に動きを止めていた。念のため火かき棒でつついてみたが、ただの毛の固まりだった。ネズミは息絶えていた。どうやって死んだ？　誰が殺した？

エンマはぞっと震えた。

「待って――待ってデュド」

無我夢中で部屋から飛び出そうとすると、ちょうど外から扉があいてデュドが戻ってきた。儀式用の僧服にエンマはすがりついた。

「だめ、やめてデュド」

「どうされました」

「確かめたんでしょう？　あのネズミで、毒がちゃんと効くかどうか。御聖体(ホスチア)に混ぜたのね？」

「あなたが知る必要はない」

「だめ」エンマはデュドにしがみついた。

もちろんアゼルスタンは毒を盛られないようふだんから警戒しているはずだ。だが、まさか神の前で司祭が口に入れてくれる御聖体(ホスチア)を、拒めるはずがない。

「お願いデュド、アゼルスタン様を殺さないで。そんなことしちゃいけない」

するとデュドは、それまでエンマが一度も見たことのない表情をした。

軽い驚きと動揺が走り過ぎたあと、デュドの顔に一瞬だけ浮かんだのは、どう見ても安堵の表情だった。何かに救われてほっとしたデュドは、同時に、底知れぬほど深い悲しみに打ちのめされた。

「もう遅い」

乾いた声でそうつぶやいたデュドが、顔を背けた。

いや、まだ間に合うかも知れない。アゼルスタンをなんとか助けたくて部屋を飛び出そうとしたエンマは、後ろからデュドに抱き止められた。暴れてももがいても振りほどけない。

「離して！」

「もう遅い」

吐き捨てるようにデュドが言った。

デュドの言うことが間違っていたことなどない。つまり、もう遅いのだ。何もかも手遅れだと気づいたエンマの口から、獣が吠えるような嗚咽がもれた。デュドがあわてて口をふさいだが、エンマが泣くのを止めることはできない。

人がなぜ泣くのか、エンマはこのとき初めて理解できた。

声をあげて嘆かなければ、悲しみで胸が張り裂けそうだ。

(むしろ張り裂ければいい)

どうぞここで私も殺してください――エンマは生まれて初めて神に願った。

八

王太子アゼルスタンの死は、病死とされた。

盟友たちと話しながら王宮の廊下を歩いているとき、突然倒れ、ほとんど苦しむこともなくその場で鼓動を止めたという。医師を呼ぶ間もなかったらしい。

（こんな死に方を）

葬儀の席で、エンマは涙をおさえることができなかった。『戦う王子』にふさわしい場所で死なせてあげたかった。王宮の廊下で、姿も見せぬ卑怯な敵に息の根を止められたアゼルスタンの無念を思うと、涙が止まらない。

誰も本物の涙だとは思っていないはずだ。アゼルスタンと敵対する派閥の象徴エンマが、偽りの涙を流していると思われている。

だからこそエンマは泣くことができた。

この涙が、本当の涙だということは、アゼルスタン以外誰も知らない。

（どうすればよかったのだろう）

何度も何度も自分に問うた。だが、答えはわからない。

アゼルスタンの棺のふたが永遠に閉められようとしたときだった。父王エセルレッドが、かたわらにあった『オファの剣』を無造作に入れようとしたのを見てエンマは息をのんだ。

「待って」

本当は、自分がずっと胸に抱いていたい。だがもちろんそんなことは言えない。

「それは――その剣は、かのオファ王が携えたと伝えられる歴史的な名剣です。もし棺に入れてしまったら――」

ああ、そうだったなと思い出したようで、王はエドマンドを見た。

「使うか?」

だがエドマンドは、どうしたわけかためらった。

エンマは夢中で王から長剣を奪い取ると、エドマンドの胸に押しつけた。

ずしりとした重さの記憶だけが、エンマの手の中に残った。あの日、アゼルスタンが持たせてくれたときと同じ重さだ。エンマはしばらく両手の震えをおさえることができなかった。

国民にも人気のあった『戦う王子』アゼルスタンの死は、衝撃となってたちまちイングランド中に走り、海峡をも越えた。

中でも『デーン派』貴族たちの落胆は大きかった。いつかアゼルスタンが王位に就きイングランドを力強く統治する時代が来る――その期待を、突然打ち砕かれたのだ。

遺(のこ)された『オファの剣』とともに王位継承権を継いだ弟王子エドマンドは、兄アゼルスタンの遺志を継ごうと努力した。

しかし『戦う王子』に比べればどうしても若いし頼りない。優しすぎるのだ。

エセルレッド王もエドマンドをあなどり、王妃エンマが産んだエドワードを露骨に溺愛するようになった。憤慨した『デーン派』貴族たちはますますエンマを敵視し、中にはイングランドに愛想を尽かしてデンマークにつく貴族さえ現れた。

こうして、エンマがアゼルスタンと二人でかろうじておさえてきた亀裂が、ついにイングランドの宮廷を割り始めた。

これを見たリシャールが、ドーバー海峡の向こうで新たな一手を打った。

*

「クヌートが来ます」

完全に二人きりになったのを確かめてから、デュドがつぶやくように口にした。突然王を失い混乱していたデンマークが、ようやく牙を整え直したらしい。

だがその牙が狙っているのがイングランドだろうがロンドンだろうが、エンマにはもうどうでもよかった。

「そう——この国ももうおしまいね」

アゼルスタン亡きあと、実質的に軍を率いることになったエドマンドは、海岸線の防備やら戦う準備に忙殺されていた。だがデンマーク相手に勝算はないに等しく、父王もエドマンドを遠ざける一方だ。報われない努力にあけ暮れるエドマンドをエンマは哀れんだ。

「天使に戦いはできないって言ったのは、デュドじゃなかった?」

「いや、しばらくはエドマンドが持ちこたえるでしょう。少しでも弱気を見せれば王に廃嫡(はいちゃく)されるから、がんばるしかないんだが、それにしてもよくやっている」

デュドはエドマンドをほめたが、エンマは同感できなかった。

(もし代わりになる弟王子エドマンドさえいなければ、アゼルスタン様はあんなふうに死なずにすんだ)

デュドはさらに言った。

「それに、アゼルスタンが遺した頼もしい盟友たちも、エドマンドをしっかり支えている」

他でもないその盟友たちが、エンマとアゼルスタンの仲を引き裂いて、永遠に遠ざけたのだ。

エンマは彼らを恨んでも恨みきれなかった。

「その中の一人シガファースですが、明後日(あさって)結婚します。相手はイースト・アングリア伯令嬢」

エンマは息をのんだ。「あの娘――?」

ローフの葬儀で未亡人の背中をひたすら撫でていた娘――特に美しくもなかった、あのデンマーク王家の血を引くという小娘。

デュドはうなずいた。「アゼルスタンに頼まれ、どの家の娘なのか調べまわり、イースト・アングリア伯令嬢だとつきとめたのはシガファースです。アゼルスタンが見初めた娘を、他の男に取られたくなかったのでしょう」

アゼルスタンが見初めた娘――エンマは思わず目を閉じなければならなかった。本当に見初めたのだろうか。あのアゼルスタンが、そんな初(うぶ)な少年のようなことをするか?

「それでどうしたいの? 貴族同士の結婚には王の許可が必要だから、陛下に言ってやめさせる?」

「無理だ。やめさせる理由がない。『デーン派』同士で釣り合いもとれている」

　エンマはひどくみじめな思いにさせられた。

　望んだ娘とすんなり夫婦になれ、それから先の人生をずっと共に過ごすことができる――こんな不公平を神が許すのはなぜだろう。

（エンマには、アゼルスタン様を恋しく思うことさえ許されなかったのに――）

　デュドが続けた。「そのシガファースらが、ある密約を手に入れました」

「密約？」

「リシャール様の次の手です」

　ならば聞かないわけにはいかない。エンマは疲れた身体に鞭を打つようにして座り直した。

「話して」

「デンマーク王の弟クヌートが、近々また船団を率いてイースト・アングリアの海岸に上陸してきます。侵攻を食い止めるのは難しい。クヌートがロンドンに迫ると同時に、ロンドン城内でエセルレッド王が命を落とします。次の王に『エマ派』の貴族たちは、侵攻中のクヌートを指名します。クヌートは手を汚さぬままロンドンに無血入城し、正当な手続きを経てイングランドの王位に就く」

　エンマにはわからない。「それじゃリシャールの取り分がない」

「もちろんあります。クヌートは王妃にあなたを迎える」

　思わずエンマは笑ってしまった。

　楽しくも愉快でもない。ただ笑うしかなかった。

「じゃあリシャールは、今度はそのクヌートとやらにエンマをあげるのね。エンマは、そのクヌートとやらの王子を産めばいい。その王子がクヌートのあとを継いでイングランドの王になれば、リシャールの甥っ子がイングランドの王位につくことになる。なるほどね。十分リシャールの取り分はある。でもそんな話を、デンマーク王が受けたの？」

「喜んで。イングランドを労さず手に入れられる上に、かの『ノルマンの宝石』を妃に迎え入れれば、その後起こりうるノルマンディー公国との抗争もすべて回避できます」

「デンマークとノルマンディーで、イングランドを山分けにするということね」

　さすがだなあと思った。

　リシャールの打つ手は、いつもながら鮮やかに意表をつく。

　なんとも思わない自分を、エンマはつくづく不思議に思った。どうして腹が立たないのだろう。夫を殺されて次の男に嫁がされ、また王子を産めと言われて、なぜ腹が立たない。

（なぜならエンマは、リシャールの手駒の一つでしかない）

　手駒には感情などない。からっぽだ。腹を立てることもなく、リシャールの手によって淡々と次のますに運ばれていくだけだ。

　声が聞こえた。懐かしい声。

　――あなたをノルマンディー公から解放したい。

　どうしたい？　何をしたい。このおれにどうしてほしい？

エンマは思わず目を閉じた。

閉じずにはいられなかった。どのくらいそうしていたのかわからない。

「続けてよろしいか？」

デュドの声に、エンマはうなずいた。「もちろん」

「この密約がデンマークでもれ、イングランドの『デーン派』の知るところとなってしまいました。どうも今度のデンマーク王は脇が甘い。もしエセルレッド王が自分の暗殺計画を『デーン派』から知らされ、あなたに疑心を抱いて『デーン派』貴族たちを頼りにするようになれば、今までの苦労がすべて台無しです」

「リシャールはどうしろと」

「先手を打てと」

デュドは言った。「『デーン派』を一掃（いっそう）します」

とうとう王宮内を二つに分けての争いが始まってしまう。エンマは唇をかんだ。

（あれほどアゼルスタン様が止めようとしていたのに――）

「まず『デーン派』のリーダー格に反逆罪の汚名を着せ、即日処刑します」

自分とアゼルスタンの仲に割って入り、理不尽にも引き裂いたアゼルスタンの盟友の命が奪われる。「誰を？」

「祝宴で浮かれているシガファースがよろしいかと。できれば兄モアカーもろとも」

となれば、シガファースがあの娘と幸せな日々を送ることは永遠になくなるわけだ。

「陛下にはなんて言うの？」

「あの兄弟がデンマークとひそかに通じ、王妃の命を狙っているらしい――そういう情報がルーアンから届いたと言えば、すぐに処刑の命令を下すはず。最近王は身体が弱ったせいで、疑心暗鬼に捕らわれています。王位を奪われあなたを失うことがこわくてたまらないようだ」

デュドはさらに言った。

「シガファースとモアカー兄弟を捕らえて処刑するまで、できればエドマンドには勘づかれたくない。しばらく王宮から遠ざけたい」

エンマはうつろな頭で考えを巡らせた。「ちょうどイタリアから技師たちが来ている。彼らといっしょにテムズ河口を二、三日視察してくるようにと陛下が命じれば、喜んででかけるはず」

デュドは満足そうにうなずいた。「ではそのように陛下に」

「わかった」

「エドマンドが視察にでかけ次第、モアカーとシガファース兄弟をどこか地方都市におびき出して捕らえ、処刑しましょう」

「どうやっておびき出すの？」

「もちろん餌もエドマンド以外にない。陛下がまたエドマンドを困らせているとでも伝えれば、両名はどこへでも飛び出してくるはず。処刑したあと、エドマンドを呼び出し、王の口から処刑したことを知らせれば必ずエドマンドは激昂(げきこう)します。剣を抜いたところを反逆罪で捕らえるか、その場で封殺できるか――どちらにせよ、王位継承権を持つエドマンドを、大義名分の通るきれいな方法で始末できます」

どうでもいいとエンマは立ち上がった。

「あとはストレオナたちと打ち合わせて」

『エマ派』の忠実な貴族ストレオナの名を残して、エンマは礼拝堂の中にある小さな懺悔室をあとにした。

（これでエドマンドはいなくなる――少しは心穏やかになれるだろうか）

アゼルスタンが死んでからというもの、エンマはエドマンドが目障りでならなかった。彼が亡兄の遺志をつごうと、懸命に働く姿を見るたびに、悔しくなる。もしこんな弟王子がいなければ、アゼルスタンがあんなふうに殺されることはなかった。

しかし、いまさらエドマンドを始末していったい何になるだろう。

エンマのからっぽの心に、風が吹き抜けた。ラヴェンダー（ラヴァンド）の香りはもうしない。

（アゼルスタン様は、もう私の前には戻ってこない）

*

三日後。

反逆罪に問われたモアカーとシガファース兄弟が、裁判の開かれたオックスフォードで即日処刑された。

その翌日。イタリア人技師らを連れ、テムズ河口を三日かけて視察してきたエドマンドが、何も知らずにロンドンの宮殿に戻ってきた。

待ち構えていたエセルレッド王と十人ほどの『エマ派』の有力貴族たちが、エドマンドを謁見室で出迎えた。

続きの間では、従士や王直属の護衛兵ら総勢三十人ほどがひそかに待機し、命令一つでエドマンドを取り囲む準備をすませている。

「ただ今戻りました」

若いエドマンドに旅の疲れは見えなかった。それどころか報告したいことが山ほどあるらしく、足早に父王に近づきながら快活に言った。「ご指示どおり、イタリアの技師たちを連れテムズ河口を視察してきました」

「その前に」

王はエドマンドから目をそらした。「一つ、話しておくことがある」

「なんでしょう」

「昨日、オックスフォードでな」

さすがにやや口ごもった父王に、エドマンドは首をかしげた。「オックスフォード?」

「そうだ。オックスフォードでな、実は、貴族を処刑した。反逆罪だ」

エドマンドはあわてて左右を見直した。

もちろん居並ぶのは『エマ派』の貴族たちばかりだ。『デーン派』貴族を処刑するため、父王が自分をしばらく王宮から遠ざけていたことにエドマンドはようやく気づいたらしい。

「やむをえんかった」王は、エドマンドの出方をうかがいながら言い訳した。「こともあろうに、敵国デンマークと結ぼうとしていた。確かな証拠もある」

「いったい誰を」

「モアカーとシガファースの兄弟だ」

兄とも慕う盟友二人の名を聞いたエドマンドの手が、おそらく無意識にだろう、『オファの剣』の柄に動いた。

王があとずさりし、入れ替わって従士たちが盾となった。待機していた従士たちが背後からも現れ、エドマンドは三十人近い武装兵たちに取り囲まれた。

その剣を抜きさえすれば、王に対する不敬罪でこの場で捕らえることができた。少なくとも廃嫡は免れない。もし抵抗すれば命だって奪える。王子エドマンドの命運は、ここで尽きたと誰もが思った。

だが、エドマンドはすんでのところでこらえた。ぴくりとも動かない。

これではエドマンドを始末できない。焦った王が、護衛たちのうしろから挑発した。

「どうしたエドマンド。手足をもがれたような顔をしおって――まさかおまえも一味の仲間か?」

するとエドマンドは予想もしなかったことを王に尋ねた。「二人の妻子は」

「妻子?」不審げに王は眉をひそめた。「相続などさせん。反逆人の領地財産は、すべて没収して王領とする」

「では二人の妻子は」

「修道院に入れる。すでにストレオナが兵を連れて向かっとる」

「修道院?」

修道院に送るという名目で兵を差し向け、どさくさにまぎれて相続人を殺そうという王の魂胆はあまりにも明白だった。エドマンドは明らかにいてもたってもいられなくなった。

「ストレオナたちはいつ城を発ちました」

その瞬間だった。

ずっとエンマの胸に引っかかっていたものが、するすると糸がほどけるように解けた。

(エドマンドだ)

あの娘をローフの葬儀で見初めたのは、アゼルスタンではなくてこのエドマンドだ。どこの家の娘だろうと弟に聞かれたアゼルスタンが、調べるようにシガファースに頼んだのだ。

いったんはあきらめたのに違いない。娘の素性を知ったアゼルスタンが弟にあきらめさせたはずだ。もとよりデンマークを心から憎む王が二人の結婚を許すはずもない。あの娘は、最初からエドマンドが恋してはならない娘だったわけだ。

だが、夫となったシガファースは処刑された。

エドマンドしかあの娘を助けられる者はいない。

(これで始末できる)

「今朝方」

とエンマは前に歩み出でながら、よどみなくエドマンドに答えた。「そう、確か、二百ほど兵を率いて出立されたはず――できれば今日のうちに修道院に送りたいと」

「どの修道院です」

エンマは微笑みを浮かべエドマンドを凝視した。

「マルムズベリー」

聞くやいなやエドマンドは護衛兵を押しのけて去ろうとした。王があわてた。

「待てエドマンド、どこへ行く」

「ストレオナに手をかしてきます」

引き止めようとした王をエンマは笑顔でおさえた。「よろしいではありませんか。むしろ、行かせたほうがよろしいかと存じます。あちらでエドマンド様が何かしでかせば、ストレオナ殿がきちんと対処するでしょう」

「しでかすか？」

さあ、とエンマは首をかしげた。「ですがお友達を失い、動揺されたことは確か」

間違いなくしでかすはずだ。なぜならエドマンドは恋してはならない娘に恋をしていた。もはやまわりが見えなくなっている。

（できれば、この場で片をつけたかったけれど）

エンマはかわいらしく唇をとがらせた。

王の前で剣を抜いてくれれば、きれいに王位継承権を剥奪し、廃嫡することができた。さらにはこの場で抹殺することも考えられた。それがリシャールが描いた筋の運びだった。

（若いのに、よくこらえたこと――それもまた恋のなせる業（わざ）か）

謁見室から出ていくエドマンドの後ろ姿は滑稽（こっけい）にも、哀れにも思えた。これが見納めだ。恋がエドマンドを奈落に落とすのだ。

（王族に生まれた者の恋が、成就するわけがない）

エンマはどこかほっとしながらエドマンドを見送った。

＊

ところがその日の深夜。

エドマンドは、ストレオナたちに殺されることもなく、そのストレオナといっしょに王宮に戻ってきた。

シガファースの寡婦(かふ)をマルムズベリーの修道院まで送り届ける途中、なんと森の中で逃げられてしまったという。

「逃げられただと？」

顔を曇らせた王の前で、ストレオナは平身低頭した。冷や汗をぬぐいながらあれやこれやと述懐めいた言い訳を並べたものの、寝ているところを起こされた王の憤りはおさまらない。

「まさか、おまえが逃がしたのではあるまいな」

父王ににらまれたエドマンドは、まさかと肩をすくめた。

「今、ストレオナが申し上げたとおりです。いきなり馬車から飛び出し、そのまま薄暗い森の奥に逃げ込まれてしまいました。皆で相当捜したんですが、もう暗かったし、驚くほど足が速くて。なあ」

そのとおりですとストレオナは何度もうなずいた。「今ごろは獣の腹の中でしょう。シガファースの領地を没収する手続きはすでに済んでおりますので、何の問題もございません」

「手間が省けたか」

王はさらに不機嫌そうに確かめた。「モアカーのほうは」

「妻子の焼死体を確認しました」ストレオナの弟が報告した。

「館は?」「焼け落ちました」

「ああ、惜しいことを。あれは良い館だったのに」

「申し訳ありません。騎士たちの抵抗が予想以上に激しくて」

ストレオナが恐る恐る報告を続けた。

「イースト・アングリア伯ですが、いまだ行方不明で――」

舌打ちした王はエドマンドに目をやった。

「どうした、顔色が悪いようだな」

エドマンドは顔を上げ父王を見た。「友人でした」

「友は選ぶことだな」

冷ややかにほほをゆがめた父王に一礼し、エドマンドは王の前から辞した。扉の陰で聞いていたエンマはあわてた。

(これでは筋が違う)

これではエドマンドが王位継承権を剝奪されることもなく生きのびてしまう。

放っておいても恋がエドマンドを滅ぼしてくれると思ったのに、肝心の娘が死んでしまったなんて、興ざめも甚だしい。

(こうなったらこの私に手を出させよう――王の怒りは免れない)

ドレスの裾を翻しながらエンマはエドマンドのあとを追った。

幸い、リーダー格の貴族らを失った『デーン派』はもはや壊滅状態で、エドマンドは完全に孤立無援だ。

そのうえ、見初めた娘を救えなかった青年の心は、さぞや傷ついているに違いない。その傷口から優しく忍び寄ればたやすく落とせるだろう。

夜風の通る廊下に出たところで、先を急ぐエドマンドの背中が見えた。エンマは瞳にあふれんばかりに涙をためてからそっと声をかけた。

「エドマンド様」

振り返ったエドマンドは、エンマの涙を見てあわてて目をそらした。エンマはなおさら優しく寄り添った。

「大切なご友人方を亡くされ、さぞおつらいでしょう。私、エドマンド様が心配で——」

エドマンドは目を伏せたまま言った。「いや、政(まつりごと)です。感情を交えてはいられない」

「とはいえ、穏やかではいられぬはず」

エドマンドは顔を背けた。「失礼します義母上、少し疲れた」

「では、お部屋に何か温かい物を」

「いや、きっと寝台から起きられない」

「私が寝台まで運びます」

しなだれかかって潤んだ瞳で見上げれば、どんな立場にあろうがエンマの虜にならない男はいない。このときのエドマンドも例外ではなかった。魔性であることはわかっているはずなのに視線を外せない。

その視線を捕らえて離さぬまま、エンマはエドマンドの手を優しく取った。

「大事なお身体――夜のうちに、お疲れを癒やさなければ」

ほほに押し当てたエドマンドの手をそのまま首筋に滑らせると、若いエドマンドの動悸が高鳴るのがわかった。

しかし、エドマンドはエンマを遠ざけた。

そして笑顔で念を押した。「おれの寝台には近づかぬよう」

目もくれずにその場を去るエドマンドの後ろ姿がエンマに教えてくれた。

(生きている)

「驚いたな」

いつの間にか背後に現れたデュドが、ほれぼれと言った。「あの天使から、初めて殺意がにおった」

「殺意?」

「よほどシガファースたちの仇をとりたかったのでしょう。気をつけて」

「どうでもいい」

エンマは愉快で仕方なかった。「デュド、娘は生きている」

「生きている? シガファースの寡婦が?」

「そう、エンマを絞め殺さなかったのは、急いでいたからよ。でも行き先ならわかる。すぐにストレオナに案内させて、そのシガファースの寡婦が逃げ込んだという森を見てきて」

「森?」

「なぜわからないの。エドマンドは娘を森に隠してきたのよ」

デュドは返事もせずに、可笑しそうにエンマを見ている。

「何」

だってとデュドは肩をすくめた。「熱くなったあなたを久しぶりに見る」

エンマは自分のほほに両手を押し当てた。

本当だ。アゼルスタンが亡くなって以来、闇の底に沈んでいた気持ちが、久々に高揚（こうよう）しているのを感じる。

王族に生まれた者の恋が成就するわけがない。エドマンドはこの恋によって滅ぼされる。その惨めな様を見届けようとエンマは思った。

きっと清々するに違いない。

「くれぐれも気をつけてねデュド。夜の森では何が起こるかわからない。獣に襲われたりして、命を奪われないよう――」

*

五日後。ようやくデュドが戻ってきた。

エドマンドは、あの夜王宮を出ていったきりだ。海岸の防衛拠点を視察してくると連絡があったらしい。デュドの報告を待ちきれずエンマは礼拝堂の隣のデュドの部屋のドアをあけた。「聞かせて」

デュドは粗末な僧服を脱ぎ捨てながら報告した。「娘は森に」

「やっぱり」

さすがはデュドだとエンマはわくわくした。「殺してくれた？　ちゃんと二人とも？」

デュドは苦笑した。

「たいしたじゃじゃ馬で、あとを追うのがやっとでした。途中、馬宿で追いつき捕らえるチャンスだとストレオナが踏み込みましたが、エドマンドに軽くいなされました。天使とばかり思っていたが、なかなかふてぶてしくなってきた」

「ストレオナは使えない」

デュドはうなずいた。「ストレオナらが追い返されたあと、一人であとをつけ、結局そのままイースト・アングリアまで遠乗りするはめになりました。小さな漁村に、誰が現れたと思います」

「イースト・アングリア伯？」

「そしてクヌート」

近い将来自分の夫になるはずの若い王子の大胆さにエンマはあきれた。「もう自分の国のようなものなのね」

「そう。クヌートは『デーン派』貴族たちをさらに取り込もうとしています」

「エドマンドもほしいの？」

「一番ほしいのがエドマンドです。ほしくてならないでしょう。戦闘能力もあるし、エドマンドを手に入れれば、たくさんの『デーン派』がついてくる」

あげないわけにはいかなかった。エドマンドがクヌートの配下に入れば、クヌートはエドマンドに請われるまま、イースト・アングリア伯の娘をエドマンドにくれてしまうかもしれない。

「それで、エドマンドはどうしたの。そのままクヌートの陣営に入ってしまったの？」

「ところが、クヌートらがつくなりエドマンドは逃げ出すようにその場を離れました。クヌートと話すような間は、ほとんどなかったはず」

「まだここには戻っていない。エドマンドはどこへ行ったの？　娘は？」

「困った人だな」

デュドは熱くなる一方のエンマに苦笑した。

「エドマンドのほうは、じきここに戻るでしょう。彼には他に行く場所がない。娘のほうは、ちょっとおもしろいことになりました。おそらく今日明日には手に入ります」

「どういうこと」

「そのままクヌートの動きを探っていたら、娘が護衛といっしょに馬で出てきました。あとをつけたらこのロンドンに入った。今、市街の商家に潜伏しているので見張らせています。誰と接触するのか確かめたい」

うなずいたエンマにデュドは自分の見立てを伝えた。

「結局、エドマンドは助けた娘を父親の元へ届けにいっただけなのでしょう。相変わらずお優しいことだ。こうして『デーン派』の盟友たちを殺されてさえ、父王を見限ることができない。イングランドを守って王軍を率いねばという義務感に縛られている」

アゼルスタンの背中を追い続けているからだ——エンマは息をついた。

(あんな坊やに、アゼルスタン様の代わりが務まるはずないのに)

そこに城門から知らせが届いた。「エドマンド様が視察からお戻りです」

エンマは立ち上がった。

結局エドマンドは恋しい娘を自分から手放してきたわけだ。それでなくても頼れる盟友たちを失い、孤立無援となった青年は、さらなる痛手を受けて心が弱っている。

「エンマに手を出させ、破滅させる」

「いいでしょう。大事に思う父王に滅ぼされるわけだ。やはり優しさがあだになったな」

ちょうどエドワードの癇癪声が聞こえてきた。また使用人たちに当たり散らしているのだろう。異母兄のエドマンドがあれを聞けば必ずエドワードの部屋に顔を出す。エンマは息子エドワードの部屋に行ってみた。

はたして養育係たちが困り果てていた。

「何の騒ぎなの?」

「申し訳ございません。こんなにお天気がよいというのに、お庭に出たがられて——」

日ごろからほとんど息子エドワードと関わらないエンマに、どうこうできるわけもない。

そこに、思ったとおりエドマンドが顔を出した。

「どうした、エドワード」

あこがれの異母兄を見たエドワードは、たちまち恥ずかしそうにしゅんとなった。

先天性白皮症(アルビノ)である彼には、あれこれ制限が多い。白金色の細い髪に手を置いたエドマンドは、異母弟の赤く澄んだ瞳をのぞきこんだ。

「驚くなよ。中庭のあたりからおまえの声が聞こえていた」

「ごめんなさい」

「謝るべき相手を間違えるな」

エドワードは、養育係や使用人たちに素直に詫びた。「みんな、ごめん」

すかさずエンマはずっと手を焼いていたかのようにこぼした。「お庭に出たがって――」

それを聞いたエドマンドは異母弟に尋ねた。「なぜおまえは庭に出られない？」

エドワードは赤い唇をかんだ。

「日の光が、悪さをするからです。ぼくは、目も肌も弱いから」

「卑屈になるな。弱いところは誰にだってあるさ」

エドマンドは笑顔で異母弟を呼び寄せると並んで腰を下ろした。そしておみやげの干し果物を取り出しながら、異母弟をはげました。

その右手の甲に、布が巻かれている。

ほどけた下から、青く腫れ上がった手の甲がのぞいていた。エンマは眉をひそめた。

(ひどいけが――ここを飛び出していったときには、こんなけがしてなかったのに)

「こら、毒見もなしに食べちゃだめだ」

エドマンドに叱られエドワードがまた赤くなった。「でも、異母兄さんがくれた物を」

「誰がくれたものでもだ」

義母上、とエドマンドはエンマを見た。「どうして毒見の犬をエドワードのそばにおかないんです」

「だめだよ」優しいエドワードがあわてた。「毒が入ってるかもしれない物を犬に食べさせるなんて」

「大丈夫。喜んで毒を食べるような間抜けな犬はいない。においを嗅がせて犬がそっぽを向いたらおまえも食べるな。それだけだ」

そうかとエドワードはうれしそうに立ち上がった。

「ぼくちょっと猟犬小屋に行ってきます。足を痛めた犬がいて、犬番たちが困ってたんだ。連れてくるからここで待ってて」

駆け出した少年を、養育係たちがあわてて追いかけていく。しまったなとエドマンドが肩をすくめた。「余計なことを言ったかな」

そのときにはエンマはすでに獲物に身を寄せ、ほどけかけた布の端をそっと取り上げることに成功していた。エドマンドのすぐ隣に座りこわごわと言った。

「ひどいおけがを」

ほどき始めるとエドマンドがひどくあわてた。「たいした傷じゃない」

「いったいどうされました」

「馬です。馬。落ちた場所が悪くて」

エンマは驚くふりをしなければならなかった。いったいいくつになったらエドマンドは嘘をつくのが上手になるのだろう。「エドマンド様が、馬から?」

あなたに何かあったらどうしようと、エンマは潤ませた瞳を不安げに揺らした。「もっと大切にしてくださらないと――」

エンマが自分の袖口から手を差し入れ肌着を裂いて引き出すと、エドマンドはあわてて遠くに目をやった。「エドワードのやつ、本当に猟犬小屋まで行ったのかな」

まだ体温の残る布を柔らかく巻きつけながらエンマはささやいた。「ありがとうございます。なだめてくださって――あの子ったら、ほんとに困ってしまう」

「いいやつですよ。エドワードといると、昔教会で聞いた天使の話を思い出す」

「天使――？」

エンマは苦笑した。天使のようだったのは、他でもないこのエドマンドではないか。

無邪気な天使はエンマの部屋に遊びに来たがり、アゼルスタンを困らせた。どうしたものかと困っていたくせに、アゼルスタンが弟エドマンドを見る目はいつも微笑んでいた。

（いけない。また私、アゼルスタン様のことを――）

エンマは布を巻く手元に集中しようとした。

「あの子が言うことを聞くのは、もうエドマンド様だけ」

「好きに外に出られないので、もどかしいんですよ。おれも話を聞いてやるようにしますから、あなたももう少しそばにいてやるようにしたら」

エンマには言っている意味がわからない。

「どうして？」

エドマンドは戸惑ったようだ。「だって母親でしょう」

エンマにはますますわからない。

「でもそばで何を?」

エドマンドが何をどうしろと言っているのかさっぱりエンマにはわからない。だがおかげでいいことを思いだした。エドマンドの一番の泣き所——十何年も前に亡くなった母王妃のことを。

エンマはまつげを伏せた。「私、だめな母親です」

肩を落とし、頼りなげな声音でしょんぼりと弱音をこぼすと、やはり優しいエドマンドははげまそうとしてくれる。

「だめな母親なんていませんよ」

「いいえ、私、自分の母をよく知らないのです。そのせいでしょう。エドマンド様のお母上様は、とにかくお優しい方だったとみな口をそろえて言います」

泣き所を優しくつかれたエドマンドの表情がゆるんだ。

「けど、叱るとこわかったです」

「叱られたの?」

「兄のほうがよく叱られてました。アゼルスタンは、母に叱られるとおれを盾にして、後ろからくすぐるんだ」

アゼルスタンを思ったエンマの心が、またどこか遠くに飛んでいってしまいそうになった。あわてて現実に引き戻した。「お母様、叱れなくなるのね? あなたの笑顔を見てしまうと」

「卑怯な手だ。アゼルスタンらしくない」

「でも使わない手はないわ——あなたの笑顔には何もかなわない」

青年らしい動悸をエドマンドが懸命に静めようとしていた。ここぞとばかりにエンマは布の上から傷に優しく手を当て、そっと身体を寄せた。

（さあその手でエンマにふれてごらん――どこでもいい。ずっとふれてみたかったんでしょう？

この肌にふれてエンマに落ち、父親の怒りを買って、その身を滅ぼすがいい――）

うまくいったとエンマは思った。うまくいかなかった例しがない。

だがそこに思わぬじゃまが入った。

「エドマンド様」

と、一人の衛兵がおずおずと遠慮がちに声をかけてきたのだ。我に戻ったエドマンドはあわててエンマから身体を離すと立ち上がった。

「どうしたオウエン」

「それが、通用門に仕立屋が来ておるのですが」

「仕立屋？」

エドマンドは首をひねった。「ライス横町のロイドが？」「いえいえ」「じゃあ南大通りのアドルファスか？」「そうでもなく」

衛兵の態度がはっきりしない。

「ほら、エドマンド様のあの青い上着を持ってきておりますよ。言われたとおり繕えたかどうか、確かめていただきたいと」

エドマンドは何か思い出したらしい。

「失礼します義母上。ああ、どんな犬を連れてきても、エドワードを叱らないでやって」

エンマの手から布の端を取り上げて足早に部屋を飛び出していった。エンマは悔しくてならなかった。もう少しで落とせるところだったのに。

だが、少ししてデュドが姿を見せた。目でうなずいた。

「例の娘です」

そういうことかとエンマはあきれた。

笑わずにはいられない。

「仕立屋に化けて、一国の王子に会いに来たの？」

「おそらく、エドマンドに密書でも届けに来たのでしょう。父親からか、あるいはクヌートか
——どちらにせよ、エドマンドがデンマークと通じている動かしがたい証拠になる」

エンマはにっこりした。

「じゃあデュド、その密書を懐に入れたまま、エドマンドを国王の前に引きずり出せばいいのね？」

恋しい娘が届けてきた手紙のせいで王位継承権を剝奪され、娘の前で衛兵たちに殺されるなんて、なんと悲しい恋の末路だろう。

やはり恋がエドマンドを奈落に落とすのだ。エンマは心のどこかでほっとしていた。

（王族に生まれた者の恋が、成就するわけがない）

デュドについて正面の大階段をおりたエンマは、大広間を抜け、通用門へと向かった。

突然現れた王妃に、門番たちは驚いた。しっと口止めしたエンマは、あたりを見た。

しかし娘もエドマンドもその辺には見当たらない。

「エドマンド様はどこ？」

男たちはうろたえた様子で、さあ、とあっちをむいたりこっちをむいたりしている。エドマンドの居場所を明かしたくないらしい。

デュドが目で指した。

見ると、先ほどのオウエンとやらが、妙なところに立っていた。背後にあるのは納戸小屋の扉らしい。閉ざされている。

王妃に気づいたオウエンが、あわてて何か声を出そうとした。きっとそれとなく中にいるエドマンドに知らせようとしたのだろう。オウエンに抱きつくようにしてしいっと指で唇をふさいだエンマは、そのまま納戸小屋の扉をほんの少し押し開いた。鍵はかかってない。

すきまからそっとのぞいた。

奥のほうで、エドマンドが商家の娘と話している。

声をひそめているらしく、やりとりははっきり聞き取れない。だが、エドマンドはいらだたしそうに嘆息したり、天を仰いだりしていた。めげずに何か言い返しているのは、やはりあのローフの葬儀で見た娘だ。

言い合っているというのに、二人はどこか仲むつまじい様子にも見えた。それもそのはず、二人きりで何日もかけてイースト・アングリアまで逃避行をしてきたのだ。

可笑しくも哀れにエンマは思った。

(恋なんかして――)

あのときの自分と同じだ。まるでまわりが見えなくなっている。現に、こうして扉のすきまからのぞいているエンマにさえ気づかない。

娘がエドマンドに何か差し出した。

（手紙だ）

かたい表情で読み終えたエドマンドが娘に返し、娘も目を通した。

読み終わり手紙をエドマンドに返した娘が、何が恥ずかしかったのか、突然うつむいた。娘の手をエドマンドが取った。自分の部屋に連れていこうとしているのか、間近で見つめあいながら何かしきりに――真剣な表情で言い合っている。

エンマの胸が詰まった。

それはまるで、あの猟犬小屋での自分とアゼルスタンの最後のやりとりを見ているかのようだった。

アゼルスタンの真剣な、必死な声が、今でも耳にはっきりと聞こえてくる。


――どうしたい？　何をしたい。このおれにどうしてほしい？


エンマに気づいたエドマンドが、あわてて娘を背中にかばった。

引き裂かねば――エンマの心は熱くなった。布のように、きれいに二つに引き裂かねばならない。王族に生まれた者の恋が成就してはならない。エドマンドの恋が成就するなんて、それではあまりに理不尽だ。

「抱かれたの？」

「仕立屋の娘です」

「もう抱かれたのね？」

「まさか。服を届けに来ただけです」

「ほしい」

エンマはさほど広くもない納戸小屋にするりと入りこんだ。「ちょうだい、この娘」

「ただの仕立屋です。奥勤めなんて――」

「どうして？　賢そうよ。王妃のそばに上がれる機会を逃すはずがない」

声も出せない娘に手を伸ばしたエンマは、なんなくからめとった。

「楽しみ。おしゃべりとか、あれやこれや」

エンマは娘の肩を抱き、いそいそと納戸小屋から連れ出した。エドマンドはついてくるだろう。懐にクヌートからの密書を抱いたまま。

そのまま王の前に引きずり出し、糾弾すれば、今度こそ反逆罪で抹殺できる。

正面階段を上がっていくと、デュドがあきれたように微笑んだ。

「生き餌かな」

「そうよ。これであの子がかかるのを待つ」

デュドは階下を見下ろした。あの子――エドマンドがもう階段を駆け上ってくる。

「義母上」

誰もが魅了されるその笑顔で、ほら忘れ物と言わんばかりに伸ばされた手に、エンマはとっさに反応してしまった。

エドマンドが両手でしっかりと握らせたのは、小さな小さなネズミだった。

「あ――」

悲鳴もあげられないままエンマは階段の真ん中でひざをついた。身体が硬直してしまい、ネズミを放り出すことすらできない。

（殺される――こんな小さなネズミ、いつか誰かにしめ殺されてしまう）

だが助けてやることはできなかった。エンマには何もできない。

（どうしよう。死んでしまう――息ができない――）

「二匹目はうまく逃げました」

デュドがいつものように呪縛から解放してくれるまで、エンマは兄リシャールの手で絞め上げられ窒息する幻夢に必死で耐えなければならなかった。

その間にエドマンドは娘の手をつかんで階段を駆け下り、途中、踊り場にある隠し扉の向こうに消えた。

エンマは驚いた。「いったいどこへ」

「裏通路から、東の中庭におりるつもりでしょう」

「使用人の通路を使ったの？」

デュドの手を借りてなんとか立ち上がったエンマは、正面階段の下に駆けつけてきた衛兵たちに命じた。

「厩舎（きゅうしゃ）を封じて。エドマンド様の馬を止めるのです。一歩も厩舎から出さないよう」

あわてて衛兵たちが厩舎に駆けていく。エンマは唇をかんだ。「どこでネズミなんか」

「きっとかご罠にかかっていたのをはずしたんでしょう」

デュドはどこか楽しそうだ。「それにエドマンドのことだ。きっと厩舎ではなく、馬場に向かうはず。調教を受けてる馬を使う」

だとしたら、とても捕らえられない。エンマは焦った。「どうするの？」

デュドはあわてていない。

「娘を護衛してきた男たちは、娘が王宮から出てくるのを城下で待っています。居所はわかっている。娘はきっと彼らと落ち合うはず」

僧服の裾を翻し、デュドはその場を去った。

しばらくして厩舎から、エドマンドが現れないとの知らせが来た。

「もういい」

エンマは部屋に戻ってデュドを待つことにした。

いらだたしくてどうにかなりそうだ。

かわいい坊やだとばかり思っていたのに。エドマンドが、あんな娘を守ろうとして走り回り、こともあろうにエンマを出し抜いたのだ。

（思い知らせてやる――王族に生まれた者の恋が成就するわけがない。そんなことがあってはならない）

しばらくして、デュドが戻ってきた。

腕にあの娘を抱いている。エンマはほっと笑顔になった。

（さすがはデュド）

娘は一応意識はあるようだが、ぼんやりしていて手足に力が入らない。デュドのことだからまた何か薬草を使ったのだろう。言い訳するかと思ったら、デュドは全然別のことを聞いてきた。

「王は午睡か？」

エンマは首をかしげた。「ええ。きっと奥で――」

「エドマンドが下で王を捜しまわってる」

「どういうこと？」

「この娘を馬に乗せて馬場から逃がしたあと、父王を捜しているようです」

父王とエドマンドにはもともと距離がある。エドマンドが父王にあいたいとすればよほどのことだ。「なぜ？」

「この娘が届けた手紙かな」

デュドはやや表情を曇らせた。「クヌートからの手紙に、リシャール様の次の手――父王の暗殺計画が書かれていたのかもしれません。今まで知らずにいたエドマンドが、ようやくあの計画を知ったのだとすれば――」

優しいエドマンドのことだ。きっと父王を殺されてたまるかと憤り、とりあえずこの計画を知らせようと父王を捜しまわっているのだろう。

「エドマンドが王に訴えれば、少しやっかいなことになります」

「大丈夫。こちらには生き餌があるもの。エドマンドには話させない」

エンマは悠然と廊下に出た。

ちょうどエドマンドが父王をさがして大階段を駆け上がってきたところだった。天井の高い大広間を、王族の寝所が囲んでいる。使用人室の前を通り過ぎたエドマンドが奥に進もうとしてこちらを振り向いた。

エンマは小首をかしげた。

「どなたかおさがし？」

エンマのすぐ背後——私室の入り口にデュドが現れた。その手にぐったりと抱かれた娘を見てエドマンドが顔色をかえた。

そして、ここ何年も敬遠してきたエンマの私室目指して駆けてきた。かかった——部屋の中に戻ったエンマは、護身用の短刀を抜き、デュドが抱く娘ののど元にぴたりと押し当てた。

蒼白（そうはく）になったエドマンドは部屋の真ん中で立ち止まった。

「よせ」

リシャールがくれたこの短刀で、一度こんなふうに人をもてあそんでみたかったのだ。エンマはこの恋する青年をいたぶらずにはいられなかった。その場にぺたりと座りこみデュドから娘を預かると、エンマのひざの上にぐったりと横たわった娘は、かろうじて意識はあるものの、一人では立てそうもない。

エンマは短剣の刃でぴたぴたと娘のほほを叩いた。楽しくてならない。「デュドったら、いったい何を使ったの？」

何も、とデュドは肩をすくめた。「こわかったんでしょう」

「そんなにか弱い娘かしら」

エンマは微笑みながらエドマンドを見上げた。

「エドマンド様とゆっくりお話がしたかったのです。陛下がいらっしゃらない場所のほうがいい。だって、これは森で亡くなったはずの娘――でしょう?」

娘の正体を知られて愕然としたエドマンドにエンマはますますそそられた。

「見てほら。なんてかわいらしいのかしら。これほどひそやかにイースト・アングリア伯が育てられたお嬢様を、エドマンド様が大事に思われるのも無理はない。どうしてお抱きにならなかったの?　二人きりで何日か過ごしたというのに。お送りしたのでしょう?　イースト・アングリアの港町まで。お天気も良かったし、さぞ楽しかったでしょうね」

なぜそんなことまで知っているとエドマンドは緊張した。

「でもおかげで、イースト・アングリア伯の居場所を知ることができた。クヌート様までいらっしゃるなんて。ねえ」

まさかこの男があとをつけたのかとエドマンドはデュドを凝視した。

「心配なさらないで」

エンマは慰めるようにささやいた。「この娘が修道院に行かずにすむよう、陛下には私から取りなします」

狙ったとおり、優しい言葉は孤立無援のエドマンドを混乱させた。

「どういうつもりです」

「お力添えしたいのです。でもこのなりではだめね。ふさわしいドレスに身を包み髪を整え、御前に出れば、きっと陛下も尼になれとは言えなくなるはず。どうぞこの私にお預けください」

「どうしてそんなことを」

「どうして?」

エンマは優しい笑顔を見せた。「お忘れですか。私はエドマンド様の一番のお味方なのです。亡くなられたお母様の代わりと思ってくださらねば」

エドマンドが、明らかに顔色をかえた。「母上なら、とっくにおれを叱っているはず。いいかげんに目を覚ませと。あんな父親などもう見限っていいと」

「まさか、お優しいエドマンド様が、陛下を見限るだなんて」

エンマは悲しげに涙を湛(たた)えた。

「無駄だ」

エドマンドはめずらしく乾いた笑顔で言い捨てた。「テムズの流れのほうがまだ清い。そんなまやかしの涙でずっと父上の目をくらましてきたとは」

エンマの胸に、苦々しいものがこみ上げた。リシャールだけだ。こんなひどいことを自分に言うのはリシャールにしか許されない。

「この娘は私が預かる」

生まれついたままの低い声でエンマはおどした。「その懐の手紙に書いてあることを陛下に話せば、この娘には二度と会えない」

「おぞましい企(たくら)みのことか？　あなたが父上を殺し、クヌートを戴冠させるかわりに、また王妃の座に就くつもりだと」

「そのお手紙に書かれてあったのかしら。その手紙こそ、あなたが陛下を裏切りデンマーク側についたという何よりの証拠。それさえあれば、今度こそ陛下はあなたをつぶせる」

エンマはほくそえんだ。

「どちらにせよ、あなたは王にはなれない。でもかまわないでしょう？　エドマンド様は戦はお上手でも、野心の持ち主ではない」

でしょう？　と目を細めた。「私の言うとおり動けば、いずれこの子も返してさしあげるかも。返してほしい？」

娘のほほにぴたぴたと短刀を当てるたびに、エドマンドの苦渋が増していく。エンマは新しく手に入れたこの手管がおもしろくてならなかった。

「さあ、どうされます？　他に手立てはないはず」

エドマンドは苦しい声を絞り出した。

「いや、策はある」

それは、忘れもしない、アゼルスタンの口癖だった。いつもいたずらっぽくうなずいてはエンマを安心させてくれた。

——策はあります。

どんな困難な状況にあっても、策が尽きることなどない。『戦う王子』アゼルスタンはよくそう言って、自分と周囲をむりやりにでも奮い立たせた。

すると、いきなり娘がエンマの手を振り払った。

アゼルスタンを思い呆然としていたエンマの手を振り払った娘が、床を蹴ってエドマンドの腕の中に飛び込んでいった。娘を抱きかかえたエドマンドはそのまま廊下に走り出た。

（王の寝所に――？）

エンマはあとを追って大広間に出ながらとりあえず衛兵を呼びつけた。

すると、さすがに騒ぎを聞きつけたのか、イングランド王が大儀そうに大広間に現れた。

「何の騒ぎだこれは。町娘がこんなところで何をしておる」

エドマンドが答えるよりも先に、エンマは王にすがりついた。「恐ろしい」

そして、いかにも怯えたように指を震わせながら娘を指さした。

「シガファース様の寡婦ですよ。あの、森で亡くなったはずの」

「なんだと」

説明しようとしたエドマンドをエンマはさえぎった。「イングランドを裏切ってデンマークについたイースト・アングリア伯の娘です。やはりエドマンド様が森に隠していたのです。父親の元に逃げ戻ったはずが、こともあろうに王宮に入り込んでくるなんて――エドマンド様と会っていたのですよ。まさか、父親が何かエドマンド様に伝えてきたのでは？」

「違いない」

王はうなずいた。「娘ならば警備の目をかいくぐれるとでも思ったか。衛兵、その娘を捕らえて父親の居場所を白状させろ。どんな手を使ってもかまわん」

「お待ちください父上」

あわてて娘をかばったエドマンドは、階下から駆け上がってきた衛兵たちに手を出すなと目で強く命じた。戸惑った衛兵たちは手が出せなくなり、それを見た王は青筋を立てた。

「おまえというやつは。王太子でありながら、ひそかにデンマークと通じるとは」

「違う、そうではありません」

「何が違う」

答える代わりにエドマンドは懐から手紙を出して父王に突きつけた。

「どうぞお読みください。このエディスが届けてくれました。シガファースが書いた物です」

「シガファースが？」

王も驚いたし、エンマも驚いた。

クヌートからの手紙でないのなら、裏切りの証拠にはならない。

しかし、シガファースの手紙であれば、リシャールの次の手がかかれているのは間違いない。

王は不審そうに読んでいる。信じさせるものかとエンマはさらにしっかりとすがりつき、さも恐ろしげに身体を震わせ続けた。

その甲斐あってか、王はいきなり手紙を握りつぶすと、怒りにまかせて床に叩きつけた。

「でたらめだ。シガファースのやつ、嘘ばかり並べおって」

「お聞きください」

エドマンドは必死に言い聞かせた。「これほど信頼できる情報はありません。おそばにいるそのノルマン女は、夫である父上を殺害したうえで、デンマークと手を結び、イングランドをノルマンディー公のものにしようと企んでいるのです」

「ひどい、なんというでたらめを」

エンマは王の胸にすがりつきさめざめと泣き出した。「もし陛下に何事かあれば、このエンマも生きてはおりません」

王はあわててよしよしとエンマをなだめながらエドマンドをにらんだ。「おまえというやつは、反逆人の書いた物をそのまま信じる気か?」

「シガファースは反逆人ではない」

「うるさい」

エンマをいったん離すと、父王はよたつきながらいきなりエドマンドを足蹴にした。エドマンドは何歩かあとずさった。「父上、どうぞお聞きください」

「まだ何か言うことがあるか」

さらに蹴られそうになったエドマンドを、身を挺して王からかばったのは、イースト・アングリア伯の娘だった。「私が勝手にここまで押しかけてきたのです」

エンマは目を疑ったし、青ざめたエドマンドは怒鳴りつけた。「ばか、下がってろ」

「お察しのとおり」

娘はまっすぐに王を見上げながら言った。「私は、エドマンド様を説得するためここに参りました。デンマーク側につくよう何度も申し上げたのに、エドマンド様は、とうとう首を縦に振られませんでした。父君様を裏切ることはどうしてもできないと」

王の表情が動いた。

「なんだと。わしを?」

「はい」

娘は大きくうなずいた。「その手紙の内容も、間違いなく事実です。エドマンド様は、今陛下が最も信頼していいお方、いいえ、陛下が最も信頼するべきお方です。イングランドのためにも、ここはもう一度父と子でお気持ちを確かめ合われたほうがいい」

王は、母親に叱られた子どものように心許ない顔になった。

「どういうことだ。エドマンドが？」

エンマは驚いていた。

（いったいこの娘、誰の指示でこんなことを言っているの？）

明らかにエドマンドの指示ではない。父親トスティーグやクヌートの指示でもない。父親に言われてエドマンドを説得しにきたというのに、逆に王を説得している。

この娘はエドマンドを助けたいのだ。この娘にこんな無茶をさせているのは、エドマンドを助けたいという彼女の強い思いだけだった。

（後先も考えず、いきなり王の前に飛び出すなんて）

どうしてそんなことができる――エンマは呆然とした。

「たいした小娘ですね」

デュドがくすりと笑った。

エンマが呆然としていたせいだろう。デュドはめずらしく前に出て、王に直接ものを言った。

「それもそのはず。この娘の母親は、デンマーク王家の血筋」

「なんだと」

王は目が覚めたかのように娘をにらみ直すと、悔しげに吐き捨てた。

「そうか、これがグンデヒルダの娘か。道理で、少しもものおじしないわけだ」

王はエドマンドに目をくれた。「どうしたエドマンド。何をおまえまで驚いておる。『デーン派』の貴族たちにたぶらかされていることがやっとわかったか。クヌートの策略にまんまとはまりおって」

エドマンドは首を横に振った。「操られているのは父上だ。なぜわからない。父上はノルマンディー公の手の上で踊らされているんです」

「黙れ」

王が地団駄を踏むのを見たデュドが、すかさずエンマをかばってうしろに下がらせた。王は言い放った。

「『デーン派』貴族など全員反逆罪で処刑してやる。まずはこの娘からだ。引っ捕らえて鎖につなげ」

「よせ」

迫る衛兵たちを見てエドマンドは『オファの剣』を抜いた。娘をかばいながらその剣先を衛兵たちに突きつけた。「もう誰も殺させない」

エンマは息をのんだ。

その刃の鈍い輝きは、あの日と何もかわっていない。


——持ってみたいですか?

あの日、アゼルスタンが笑顔で持たせてくれた『オファの剣』が、今、エドマンドと父王の絆(きずな)をついに断ち切ろうとしていた。

「ばかめ。何を考えておる」

王は、前に出た衛兵たちにかばわれて身の安全が確保されたと見るや言い渡した。

「エドマンド。おまえの王位継承権を剝奪する」

「お別れです、父上」

エドマンドはなぜか笑顔になった。

「あなたに追い出されるわけじゃない。おれは、自分からこの王宮を出ていくんだ」

衛兵たちを剣先で軽くひるませておいてから、エドマンドは娘の手をつかんでいきなり駆け出した。目指したのは階段とは逆方向の、奥まった部屋だ。

（アゼルスタン様が使われていたお部屋——）

エンマは知っている。あの奥のどこかにエドマンドの秘密の階段があるのだ。花を摘んで階段を駆け上がってきた少年が、今、生まれ育った巣から飛び立とうとしていた。

厩舎を封じよと王が命令を飛ばしているが、とても間に合わない。

「幼鷹が放たれてしまったな」デュドが少し惜しそうにつぶやいた。

エンマは、いまだ身動き一つできなかった。

（どうして？）

一つの疑問がエンマの心をかき乱していた。

（どうして私にはできなかった？）

娘はなんの手管も持たないまま、王の前に飛び出してエドマンドを守ろうとした。

あんなふうに——後先も考えずに飛び出すようなことは、エンマにはできなかった。

せっかくあの薄暗い猟犬小屋でアゼルスタンが言ってくれたのに――父王エセルレッドからエンマを奪い、リシャールを滅ぼしてもいいと。

一国の王太子があそこまで言ってくれたのに、結局エンマは、一歩も踏み出すことができなかった。

(どうしてあの娘にはできたのに――どうして――)

手と手を取りあって走り去っていく二人の背中は、どこか幸福そうにも見えた。エンマの心は翻弄され、打ちのめされた。

九

エドマンドは王宮から追放された。

領地や館はおろか当座の資金さえも持たないエドマンドには、家臣団もなければ、助けてくれる貴族仲間もない。クヌートに誘われるまま、クヌートの配下に入るしかないと思われた。

しかしエドマンドは、殺された盟友シガファースの館に入った。

そして、デンマークの侵略に抵抗するため集結しようと、イングランドの同志に呼びかけはじめた。

「リシャールが書いた筋とは違う。放っておいていいの？」

デュドは肩をすくめた。「遅かれ早かれエドマンドの命運は尽きます。アングロ＝サクソンの血を引く王家の駒を、リシャール様が盤上に残しておくはずがない」

エンマは少しほっとした。

（エドマンドとあの娘の恋は、やはり成就することなく終わる）

しばらくして、デンマークが北海を押し渡り、イングランド東海岸に上陸してきた。

総勢一万の獰猛な武装兵を率いるのはデンマーク王の弟クヌート。

彼の足を止める手段は、もはやイングランド国王にはなかった。多額の退去料（デーンゲルド）を払う申し出もデンマーク王によって蹴られた。頼みにしていたノルマンディー公も、ブルゴーニュとにらみあっていて動きがとれないと伝えてくるのみ。

しかし、このときまでにはすでに、もはや王子でもないエドマンドの元に再び人が集まりつつあった。

エドマンドがとうとう父王と袂を分かったと知った『デーン派』貴族や騎士たちが、エドマンドの元に再集結し始めた。ロンドンの商人たちも不思議なほどにエドマンドを支持した。

いよいよイングランドを守るための戦いをエドマンドが始めると、土地勘のあるエドマンドの巧みな戦術に、民衆も味方した。クヌートとの間の小競り合いに勝つたび、エドマンドの元にさらに人や物資、資金が集まった。

一進一退しながらも、エドマンドはクヌートの足を止めることになんとか成功していた。

そんな中——一〇一六年三月。

以前から健康状態が優れなかったイングランド王が、とうとう床についたまま起き上がれなくなった。

苦労して薬を調合しながら、デュドの顔色が冴えない。

「なんとかもう少し生きながらえていただきたいところです。エドマンドの軍に阻まれて、クヌートはまだロンドンに近づけない。これではリシャール様の筋書どおりにいかない」

意識が混濁してきた王は、エンマにそばにいるようしきりに求めた。ノルマンディーで食べたおいしかったものを羅列したかと思うと、憎きデンマークを口汚くののしり、かと思うと、突然王らしいことを言い出した。

「デンマーク軍はどこまで迫った。アゼルスタンは今どこで戦っておる」

エンマは一瞬ぼんやりした。

（アゼルスタン様が、今もまだイングランドのどこかで戦っていてくだされぱいいのに）

声がかすれて語尾が震えた。「アゼルスタン様は、もうお亡くなりになりました」

王はしばらく混乱したようだが、そうだった、と目を伏せた。

「ではエドマンドを」

「エドマンド様も、もういらっしゃいません」

王はややあってから思い出した。「ああ、そうだった。あの愚かものめ、デンマーク人にすっかりだまされおって、出ていった。ばかなやつめ。そんなはずがないのに」

エンマを見つめ、可笑しそうに目を細めた。

「おまえがわしを殺すなんて、なあ」

エンマには理解できなかった。

あのシガファースの手紙を読んでさえ、いまだエンマを信じているのだ。なんという愚かしい男だろう。

王は繰り返しエンマに念を押した。

「わしが死んだら、おまえはすぐマルムズベリーの修道院に行って尼になるんだ。院長には前から何度も言ってあるからすぐに迎えをよこすはずだ。新しい祭壇も寄進しておいた。生涯わしのために祈りを捧げてくれるな？　な？」

エンマにはそんな約束を勝手にすることはできない。

この男は十年以上、毎晩エンマを腕に抱きながら眠りについてきた。エンマの手管にだまされ続けた王は、ついに最後の最後までエンマを疑うことを知らず、リシャールの術中にはまって自分の国を滅ぼそうとしていた。

エンマがほんの少しだけ哀れに思うと、

「なんと美しい」

王は眼を細めてエンマをほれぼれと見つめた。「わしの宝石――わしだけのものだ。おまえは誰にもふれさせん。尼僧となってわしのためだけに祈っておくれ。約束しておくれ。誰のものにもならんと」

王は涙した。か細い声で訴えた。

「死にたくない――おまえを奪われるのはいやだ」

花冷えの朝、エセルレッド二世はエンマの手を握ったまま息絶えた。

＊

「エドマンドを王に？」

喪服に身を包んだエンマは耳を疑った。「違う。リシャールが書いた筋はそうじゃない。クヌートが王位に就くはず」

デュドは肩をすくめた。「エセルレッドの死が少し早すぎました。天命なのでいたしかたありません。クヌートはエドマンドに阻まれていまだロンドンに近づけない」

「ならばとりあえずエドワードに」

「無理だ。これはロンドン市評議会の全会一致の決定です。貴族たちも簡単には拒否できない」

年少で虚弱なエドワードに、この戦時下にある国を治められるわけがない。ロンドン市の評議会が、次のイングランド王にエドマンドを全会一致で指名してくると、『エマ派』の貴族たちも従わざるを得なかった。

エンマには納得できない。

「でも――でもエドマンドの王位継承権は、陛下が剝奪されたはず」

「エドマンドはなんといってもあの『戦う王子』の実弟です。実際今も、自ら組織した軍でクヌートの侵攻を食い止めています。自治都市も大商人たちもエドマンドの抵抗戦線を援助しています。ここはいったん受け入れるしかない」

エドマンドが王となれば、『デーン派』貴族たちも王宮内で息を吹き返すだろう。心穏やかでないエンマにデュドは言い聞かせた。

「ですが、エドワード様が王位継承権の一位にあることにかわりありません。あなたは王子の後見役として王宮内にとどまることができます」

デュドは冷ややかに窓の外を見下ろしている。

市街は沸き立ち、ちょっとしたお祭り騒ぎになっていた。即位式のため、いったんロンドンに戻ってきたエドマンドを、市民が歓呼の声で出迎えているのだ。

エドマンドを出迎えるため、大儀ではあったがエンマは階下に下りた。

ちょうど正面玄関からエドマンドを先頭に男たちが大広間に入ってきたところだった。エドマンドが貴族たちや騎士、大商人、衛兵たち——無数の笑顔にとり囲まれている。

エンマより一歩先に駆けつけたエドワードが、異母兄エドマンドに向かって何か言った。

エドマンドが思わず笑みをこぼした。

そしてエドワードの肩に手を置いて静かに言い聞かせた。

「エドワード、おまえはおれの片腕だ。おれが戦場にいる間、王宮にいてみなの心をまとめてくれ。頼りにしているぞ」

エンマは思わず立ち止まった。

（この光景は、どこかで見たことがある——）

戸惑っているエンマを、エドマンドが柔らかい表情で見た。

エドマンドが身にまとっている空気は、懐かしいアゼルスタンがまとっていた空気によく似ていた。

いったいいつのまにこんなことになったのだろう。王宮を追われ、孤立無援だったはずのエドマンドが、まるでアゼルスタンのように盟友たちにしっかりと囲まれているではないか。

腰にはあの『オファの剣』。アゼルスタンがエンマに持たせてくれた、古の王の剣。

エンマはうろたえた。

何か言わなければならない。

「ご無事で安堵いたしました。一段とたくましくなられて——」

エドマンドは肩をすくめた。

「あなたは相変わらずきれいだ。喪服がよく似合う」

エドマンドがまぶしくて、とてもまともに見ることができない。

「エンマ」

「え?」

エンマはあわてて顔を上げた。

胸が早鐘をうつように高鳴った。目の前に立っているのはエドマンドだ。なのに、なぜ、今耳にアゼルスタンの声が聞こえたのだろう。確かに聞こえた。懐かしいアゼルスタンが、自分の名を呼んでいる。

(どこ?　どこにいらっしゃるの?)

「アゼルスタンが、本当はどうしたかったのか、あなたに——」

エドマンドの声が遠ざかっていく。


——どうしたい?　何をしたい。このおれにどうしてほしい?

息ができなくなったエンマは、そのままその場に崩れ落ちた。

*

気が付くと、寝台の上にそっと横たえられるところだった。

自分を寝室まで運んできてくれたのは誰だろうとエンマは薄目をあけた。

黒い僧服が見えた。もちろんデュドだ。エンマはほっと息をついた。エンマが頼れるのはデュドしかいない。

喪服のエンマは、ひどく疲れていた。

「どうしてあのとき言えなかったんだろう」

涙目で、ぼんやりとつぶやいた。「言えばよかった――もう一度唇を重ねてほしいって。アゼルスタン様にもう一度唇を重ねられたら、きっとエンマ、完全に落ちてた。リシャールは攻め滅ぼされていたでしょうね。だってあんなにアゼルスタン様を恐れていたもの」

デュドは小さく息をついた。

「やはりそんなことになっていたんですね」

「気が付かなかった?」

デュドはエンマの横に腰を下ろした。「リシャール様は、気づかれていました」

エンマは驚かなかった。もちろんリシャールは気づいていた。だからアゼルスタンはあんなふうに殺されなければならなかったのだ。

「誰にも黙っていようと思ってたのに」

「なぜ今?」

なんでだろう――エンマは目を閉じた。即位するためロンドンに戻ったエドマンドの姿は、まるで、兄アゼルスタンを写したかのようだった。そのせいかもしれない。

デュドが打ちあけた。

「誰にも黙っていようと思うことなら、私にもあります」

エンマは好奇心を抑えられない自分を可笑しく思った。

「教えて」

「十歳のあなたを、こんなふうに寝室に送り届けるのが私の役目でした。夏の満月の夜、セーヌを下る小船も、着替えも用意ができていた。オンフルールから地中海を渡る船もおさえていた。とりあえずローマまで行って、そこからどこか東に向かおうと思っていました。二人で一生暮らせるくらいの金も用意できていた」

エンマは驚くあまり、また息することが苦しくなった。

「さらおうとしたの？　エンマを？」

デュドは小さくうなずいた。

「どうして」

「あなたを使ってリシャール様がしようとしていることが、神の御心にかなうとは思えなかった」

涙があふれ、止まらなくなった。

エンマにはわからなかった。これはいったいどういう涙だろう。

エンマの涙を拭きながらデュドが苦笑した。「泣かないで」

それでも涙は止まらない。十歳のエンマを抱いたまま、廊下にたたずむデュドが、痛ましくてならない。

「どうしてさらわなかったの？」

「逃げ切れるとは、思えませんでした」

デュドは小さくため息をもらした。「地の果てまで逃げようが、リシャール様からは逃げられない。リシャール様は私を殺したでしょう。私が死ねば、あなたを守れるものがいなくなる」

すがりつかずにはいられなかった。

「キスしてデュド」

デュドはエンマを抱いたまま肩をすくめると、物憂げに微笑んだ。

「『戦う王子』のかわりになどなれません」

エンマが頼むことならなんだって——人だって殺してくれるデュドなのに、今はただ、首を横に振り、静かに微笑むことしかしてくれなかった。

＊

即位してイングランド王となったエドマンドは、王軍を組織し直し、クヌート率いるデンマークとの戦いに駆け戻った。

王都ロンドンを巡り、一進一退の攻防が繰り返された。

一時はロンドンの城壁を包囲するところまでクヌートに迫られた。ロンドンを奪還したエドマンドは小規模な勝利を重ねた。しかし、完全に勝利をおさめるまではいかない。

一〇一六年十月。イングランド南東部エセックスで雌雄を決する戦いが行われた。

だが、勝敗はとうとうつかなかった。

合議が持たれた。その結果、エドマンドとクヌートは和平協約を結ぶこととなった。

ウェセックス領はエドマンド、テムズ川以北のマーシア領とノーサンブリア領はクヌートが統治することで、デンマーク本国の兄王も了解し、半年以上にもわたる戦に、ようやく終止符が打たれた。

エドマンド二世はロンドンに戻ってきた。

(似ている――アゼルスタン様に)

王として忙しく執務するエドマンドを見るたび、エンマは息苦しくなった。

(容姿だけじゃない。醸し出す雰囲気が本当によく似ている――もしアゼルスタン様が王位に就かれていれば、きっとあんな国王になられたはず)

エンマは気になってならない。

「あの娘は?」

「イースト・アングリアのエディス?」

デュドは微苦笑した。「シガファースの館にとどまるそうです。我々を恐れて、ロンドンには来させないでしょう」

それでも恋人である二人の仲は、すでに公然のものとなっていた。市民は若い二人を祝福せずにはいられなかった。

エンマには耐えがたかった。

王族に生まれたにもかかわらず、エドマンドは自分の恋を成就させたのだ。

「殺して」

デュドに言った。

「リシャールからの指示は、もうとっくに出ているはず。もしあの娘がエドマンドの子を産んだらどうなるの？　デンマークがからんでくるだけじゃない。これまでの私たちの苦労がすべて台無しになってしまう。このままじゃ、なんのためにエンマがイングランドに嫁いできたのかわからなくなる」

デュドが顔を背けたので、エンマは驚いた。

「苦しいの？　どうして？」

デュドは深く息をついた。「きっとエドマンドは私を信じて疑わない」

「だからつらいの？」

もうこんなことはごめんだと言い出しそうなデュドにエンマは戸惑った。

「早く殺して」

エンマはデュドの顔をのぞきこんだ。

「何のためにこんな島国に来たの？　勝負(ゲーム)に勝つためでしょう」

アゼルスタンを殺すとき、デュドがエンマにそう言ったのだ。その言葉をそのまま口にすると、エンマの声が涙で震えた。

「私たち、もうおりることなんかできないんだから」

＊

一〇一六年十一月。

エドマンド二世は、ロンドンの王宮内で急逝した。

クヌートと和平協約を結んでからわずか一月後のことだった。アングロ＝サクソン王朝のイングランドは断ち切られた。

ノルマンディー公リシャールは、その一年以上も前から、デンマーク王とひそかに密約を結んでいた。その密約に従って、まずデンマーク王の弟クヌートが全イングランドの王となった。

そしてノルマンディー公リシャールがこの王位継承を認める見返りに、クヌートはノルマンディー公の実妹エンマを王妃に迎えることをリシャールに約束した。デンマークとノルマンディー公国という二大国が、同盟関係で強く結ばれることとなった。

『エマ派』の貴族たちがこれを支持した。

しかしながら、エンマの前夫エセルレッドは半年前に亡くなったばかり。

彼の喪があけるのを待って、クヌートとエンマは正式に婚姻関係を結ぶこととなった。

クヌートは二十一歳。

戦上手で勇猛だという評判だったが、荒々しい風貌ではない。

エンマは思い出した。

（アゼルスタン様も言われていた――獰猛なだけではない。クヌートには、どこか知略を感じると）

部下たちの心を細やかにつかんでいる証拠に、クヌートのためならデンマーク本国の兄王に逆らってもいいという猛者たちが彼の周囲をがっちりとかためている。

観察していたデュドも、なるほどねと納得した。「クヌートとデンマーク本国の兄王の仲がよくこじれる原因は、どうやらここらへんにあるのかな」

エンマはあらたにデンマークの言葉を覚えることとなった。

故郷ノルマンディーで話されるノルマン・フレンチと似た単語が多く、イングランドの古英語を覚えたときよりはるかにたやすい。

（いったいどんな話をクヌートとするだろう）

エンマがデンマークの言葉を学び始めた同じ日、王子エドワードは、修道僧として一人ノルマンディーに送られていった。

イースト・アングリアのエディスは、エドマンドの死後、ぷつりと消息を絶っていた。

もちろんエンマはあらゆる手段を使って行方を追わせていた。

*

東海岸の小さな港町で、船に乗り込む直前のエディスが捕らえられたと腹心の貴族ストレオナがエンマに知らせてきたのは、涼しい夏の最中だった。

「生まれたばかりの赤子を抱いています」

エンマもデュドもぞっとした。

亡きエドマンドの遺児を、愛人エディスがひそかに産み落としていたのだ。

エセルレッドの喪があけていないという理由で、クヌートとエンマはまだ結婚式さえ挙げていない。もし遺児が男児ならば、王位継承に関わってくる。

エンマはうろたえた。

(なんのために自分がイングランドに嫁いできたのか、わからなくなる——今までしてきた思いがなんのためだったのか、全部わからなくなる——)

「王子なの?」

「それが、しっかり抱えたままで確かめようがなく、そのまま連行するしかありませんでした」

その場で母子もろとも海に突き落とせばよかったのに——エンマは思わず目を閉じた。

おそらくストレオナも、王族の血筋かもしれない赤子に手を出すことをためらったのだろう。

エンマはすぐストレオナに、エディスをひそかに押し込めたという地下の部屋に案内させた。

そこにいたのは、ややややつれてはいたが、確かにあの生意気で、奔放な、じゃじゃ馬娘だった。亡きエドマンドの遺児なのだろう、しっかりと毛布でくるんだ赤子を深々と胸に抱いたまま、大きく見開いた目をこちらから離さない。エンマを警戒しているだけではない。この子にまで手を出したらあなたを許さないと瞳が叫んでいる。

エンマは腹が立った。

(こんな娘一人に、どの男も手が出せないなんて)

赤子を取り上げようと迫るとエディスは逃げた。部屋の隅まで追い詰め力任せに赤子をもぎ取り、追いすがる娘を足蹴にして振り払った。ストレオナが娘を押さえ込んだ。やめてと叫ぶ声がした。

エンマは怒りに任せ、毛布の包みを石壁に思い切り叩きつけた。

それが、毛布の包みでしかなかったからだ。赤子などどこにもいない。どうしてこんなことに誰も気づかない。

「子どもはどこ」

エディスはあわてて床に落ちた毛布に取りすがると、胸に抱えて顔を埋めた。

「まだあの子の匂いがする」

うっとりと微笑むばかりのエディスに、エンマはどうにかなってしまいそうだった。毛布を奪い取るとエディスの胸元をつかんで起こし問い詰めた。

「男児だったの？　どこにやったの。船でどこかに逃がしたのでしょう？　いったい誰がおまえたちに手をかしたの。ねえ、エドマンドの子どもはどこ」

もちろんエディスは一言ももらさない。

エンマは男たちにエディスを投げるように渡した。

「白状させて。いったい誰の助けで赤子を逃がしたのか。赤子はどこなのか。洗いざらいききだして。どんな手段を使ってもかまわない。赤子がどこにいるのかこの娘に全て白状させて」

その夜。

押し込められた地下牢で、エディスは自らの命を絶った。

＊

エンマとクヌート王の結婚式が執り行われたのは、それからしばらくあとのことだった。

再びイングランドの王妃に返り咲いた『ノルマンの宝石』の優美でたおやかな花嫁姿は、列席した男たちを呆然とさせ、女たちを夢心地にさせた。

エンマのかたわらに立つクヌートは、まだ二十代前半だ。死んだ前夫エセルレッドよりはるかに若々しく雄々しい立ち姿を、エンマは好ましく思った。

（うまくやらねば）

しかしエセルレッド王の妃になったときほどの不安はない。ノルマンディー公国もデンマークも、元を正せば北欧の海賊が知略と武力で興した新しい国で、いわば同族のようなものだ。言葉が似ているだけではない。エンマはデンマークの男たちに、故国ノルマンディーの気風である『剛毅』なものを感じていた。堅苦しくて、古い物や伝統に律儀なアングロ＝サクソンのイングランドよりも、よほど身近に感じる。

その夜、国王夫妻の寝所に入る前、エンマは自室であらためて鏡の中の自分を見つめた。

ややあごを引き、大きな瞳を輝かせながら優しく口角を上げてみると、エセルレッド王に嫁ぐ前の自分が鏡の中にいるではないか。エンマはとりあえず安心した。

（容姿は衰えていない）

そこに知らせが来た。「陛下が御寝所に入られました」

エンマはあわてて立ち上がった。

これでは順序が逆だ。新妻であるエンマの支度が調うのが待ちきれなかったのだろうか。国王夫妻の寝室に向かいながら、エンマは微笑んだ。

（急ぐことはない）

少し焦らしてやるのも手管の一つだと、オンフルールの高級娼婦からは教わっている。侍女たちが左右から燭台で照らしてくれる廊下をゆっくり歩きながら、どうやって若いクヌートを自分の虜にし、主導権を握ろうかと、エンマはあれこれ思い巡らせた。

しかし、この調子なら心配はなさそうだ。王子だってすぐに授かるだろう。してやったりと笑うリシャールの得意顔が目に浮かんだ。デュドもようやく一息つくだろう。

いや、ひょっとしたら——とも思った。

（ロクサリーヌのように、きれいに交われるかもしれない）

亡夫エセルレッド王が自分を大事にするあまり、とうとう知ることができなかった、神が仕掛けた快楽の罠がいったいどんなものなのか、今度こそ知ることができるかもしれない。

扉が開かれた。

燭台に照らされた寝室の中に、クヌートの姿はない。寝台の上にもいない。

待ちきれずに、いったん自分の部屋に戻ったのだろう。エンマはやれやれと寝台の上に腰を下ろし、クヌートが戻るのを待つことにした。

「湿っぽい町だ」

ため息混じりの低い声に驚いたエンマは、声の出所を振り返った。

燭台の火が届かない窓際で、クヌートがぼんやりと外をながめている。

「湿っぽい——エドマンドの町なのに」

クヌートが不思議そうに見上げる夜空には、雲が月に照らされながら、ゆるゆると東に流れていく。

「エディスがなぜ捕まったか、おまえにはわからないだろうな」

エンマは戸惑った。エディス？　――まさか、エドマンドの愛人だった、あのイースト・アングリアのエディス？

「嵐で船が出せなかったからだ」

愕然としたエンマは、声を失った。

このクヌートこそが、エディスとその子どもを逃がそうとした張本人なのだ。

「エディスは赤子を抱きながら、嵐が収まるのを何日も港で待っていた。追っ手が迫ったのに気づき、自分がおとりになることで、子どもだけは逃がそうとした。毛布を丸めて、ロンドンまでずっと赤子を抱いているふりをし続けたエディスの気持ちが、おまえにはわかるまい」

クヌートがゆっくりと振り返った。

月明かりに照らされたその顔に浮かんでいたのは、憎悪でしかなかった。

「どうしたらエドマンドの子を守ってやれるか、さんざん考えた」

声は、怒りと悲しみをかみ殺している。

「おまえに王子を産ませてやる」

クヌートは窓際を離れると、腰から長剣をはずし、寝台の上に投げ出した。

「おまえにおれの王子を産ませてやるから、イングランド王にでも何にでもするがいい。それがおまえら兄妹の望みなんだろう？　エドマンドの子のことは、もうきれいに忘れろ。そんな子はいなかったんだ。いない子に手は出せまい。おまえの兄にもしっかり伝えておけ。手を出すなと。もしおまえら兄妹があの二人の子の命を奪えば、おれも、おまえとおれの子を殺す」

うつぶせに押し倒されたエンマの目の前に、信じられないものがあった。

（『オファの剣』――？）

それは、あの『オファの剣』だった。

エドマンドが持っていたはずの『オファの剣』をクヌートが譲り受けたことを、エンマは何も知らされていなかった。

クヌートに種付けされるエンマを、『オファの剣』が見ている。

アゼルスタンの優しい声が、今にも聞こえてきそうだ。聞きたくなくて、エンマは耳をふさいだ。

＊

「ノルマンディーに戻ります」

デュドがそうエンマに告げたのは、エンマがクヌート王の王子を産んでしばらくたったころだった。

「リシャール様に呼び戻されました」

変な言い方をするとエンマは思った。「クリスマスには戻るでしょう？」

デュドは首を横に振った。

「もうイングランドに、私の仕事はありません」

エンマはあわてた。

デュドがもう帰ってこないなんて。

「だめよ、エンマをこんなところに一人で置き去りにする気?」

否定しないデュドの姿は、ますますエンマを混乱させた。「だめよ、せめてデュドがルーアンとここを行ったりきたりしてくれなければ」

「あのとき、リシャール様は私とあなたを天秤にかけられ、あなたのほうが重かった。ですが今は違う」

「なんにも違わない。エンマはあのころとなんにもかわってない。こうしていてもこわくてたまらない。デュドがそばにいてくれなければ——」

「若君様のおそばにつけと命じられました。ロベール様のおそばに」

「ロベール?」

どういうこと? とエンマはデュドを見つめた。

ロベールはリシャールの次男だ。

「嫡男ではなくて、弟のロベールにつくようにと?」

デュドはうなずいた。

「天秤にかけてください。ロベール様とあなた、どちらが重い?」

きっと何か理由があるに違いない。

「ロベールなのね?」

デュドは静かにうなずいた。「私はノルマンディーに戻らねば」

ずっと支えてきてくれたデュドが離れていってしまうというのに、エンマにはどうすることもできなかった。デュドを引き止められる手管を、エンマは何も持たなかった。何の餌もない。黒い僧服の背中が遠ざかるのを見ながら、エンマにはわからないことだらけだった。

（これでお遊び(ゲーム)はおしまい？）

突然涙があふれてきたので、エンマはひどく驚いた。これはいったいどういった感情だろう。

「デュド」

ねえ、と背中に呼びかけた。

「エンマ、いい駒だった？」

振り向いたデュドは、もちろん、と笑顔でうなずいてくれた。

「たったお一人でこの国を征服されました。すべてリシャール様が書いた筋のとおりになった。あなたは今も、リシャール様の最強の手駒の一つです」

それでもエンマにはわからなかった。

自分はいったい何のコインを賭け、何を勝ち取ったのだろう。

失ったもののほうが多くはないか？　これでも勝ちといえるのか？

デュドは静かに遠ざかっていき、答えを教えてくれない。

（私たち、本当にお遊び(ゲーム)に勝ったんだろうか）

エピローグ

その後、ほぼ二十年もの間、平和で安定した時代がイングランドに訪れる。

クヌートはデンマーク本国の王位を兄から継ぎ、さらに遠征を重ねて、ノルウェーの王位をも手に入れた。クヌートが治めた三つの国々は北海帝国と呼ばれ、クヌートは大王と称された。

エンマを妃に迎えたことにより、強国ノルマンディー公国との良好な関係も保たれた。

再びイングランド王妃となったエンマは、期待されたとおりにクヌートの王子を産んだ。

結局エンマはその生涯で二人のイングランド王に嫁ぎ、産んだ王子たちのうちの二人が、のちにイングランドの王として即位した。

だがいずれも子を残すことはなかった。

クヌート大王の死後、彼の帝国はあえなく崩壊。

イングランドの王位継承は、再び大混乱に陥った。

一〇六六年。

混乱するイングランドを武力で征服したのは、リシャール『善良公』の次男ロベール一世『悪魔公』の庶子ギヨームだった。

ギヨームは英語で読むとウィリアム。

このウィリアム『征服王』によるノルマン・コンクエストにより、デーン朝は終焉(しゅうえん)。イングランドはノルマン朝の時代となった。

エンマの血筋は、ぷつりと途絶えた。『ノルマンの宝石』は一人孤独な余生を送った。

*

一方。

イースト・アングリアのエディスは、亡きエドマンド剛勇王の子をひそかに産んだ。双子だった。

クヌートはこの双子の命を守るため、自分の実妹であるスウェーデン王妃の元にひそかに送り、彼女に養育を託した。エドマンドの遺児たちは、混乱するイングランドの王位継承争いから遠ざけられた。

しかし、最終的にこの遺児たちが、イングランドの伝説的な英雄アルフレッド大王、さらには七王国(ヘプターキー)を統一したエグバート王まで直接さかのぼることができる、アングロ＝サクソン王朝の血筋を受け継ぐ者たちとなる。

ハンガリー国王は、この希少な血筋を受け継ぐエドマンドの遺児の一人を、自分の王女と妻合わせた。

生まれた王女は、スコットランド王に求められて王妃となった。彼女が産んだ王女はウィリアム征服王の四男ヘンリー一世の妃としてイングランドに渡り、王女マティルダを産んだ。

マティルダはフランス諸侯の名門アンジュー伯に嫁ぎ、長男アンリを産む。

一一五四年。

イングランドでノルマン朝が断絶した。

新たにイングランド王に即位したのは、マティルダの長男であるアンジュー伯アンリだった。

すなわち、プランタジネット朝の初代の王ヘンリー二世である。

　ヘンリー二世はそののち、英仏(えいふつ)にまたがる広大なアンジュー帝国を築き、イングランドに封建王政の盛期をもたらした。

　そして彼の血筋は、以後、現代にいたるまで、イングランドはもちろん、全ヨーロッパのあらゆる王室に脈々と受け継がれていくことになる。

主要参考文献

『世界の歴史3　中世ヨーロッパ』堀米庸三／責任編集　中公文庫
『ヨーロッパ文化史紀行』原守久／著　東洋館出版社
『刀水歴史全書10　ノルマン人　その文明学的考察』R・H・C・デーヴィス／著　柴田忠作／訳　刀水書房
『世界歴史大系　イギリス史1　―先史～中世―』青山吉信／編　山川出版社
『ノルマン騎士の地中海興亡史』山辺規子／著　白水Uブックス
『カラーイラスト世界の生活史22　古代と中世のヨーロッパ社会』
G・カセリ／著・イラスト　木村尚三郎　堀越宏一／監訳　東京書籍
『概説イギリス史　伝統的理解をこえて』青山吉信　今井宏／編　有斐閣選書
『ヴァイキング　世界史を変えた海の戦士』荒正人／著　中公新書
『世界地図から歴史を読む方法』武光誠／著　KAWADE夢文庫
『図説　ヴァイキングの歴史』B・アルムグレン／編　蔵持不三也／訳　原書房
『ヒストリア13　ヴァイキングの経済学　略奪・贈与・交易』熊野聡／著　山川出版社
『ウィリアム征服王の生涯　―イギリス王室の原点―』
H・ベロック／著　篠原勇次　D・ブラッドリー／訳　叢文社
『アルフレッド大王　その生涯と歴史的背景』E・S・ダケット／著　小田卓爾／訳　新泉社
『アルフレッド大王　英国知識人の原像』高橋博／著　朝日選書

■本書は、書き下ろしです。

榛名しおり（はるな・しおり）

神奈川県在住。七月七日生まれ。『マリア』で第三回ホワイトハート大賞佳作を受賞し、デビュー。以後、歴史に材をとったドラマチックな作風で人気を博す。近刊に「カノッサの屈辱」を描いた『女伯爵マティルダ』がある。『幸福の王子　エドマンド』と『虚飾の王妃　エンマ』は、対をなす作品として描かれている。

虚飾の王妃　エンマ

第一刷発行　二〇一八年十月二十四日

著者　榛名しおり

発行者　渡瀬昌彦

発行所　株式会社講談社
〒一一二―八〇〇一　東京都文京区音羽二―一二―二一
電話　出版　〇三―五三九五―三五〇六
販売　〇三―五三九五―五八一七
業務　〇三―五三九五―三六一五

本文データ制作　講談社デジタル製作

本文印刷所　豊国印刷株式会社

カバー印刷所　千代田オフセット株式会社

製本所　大口製本印刷株式会社

定価はカバーに表示してあります。

本書のコピー、スキャン、デジタル化等の無断複製は著作権法上での例外を除き禁じられています。本書を代行業者等の第三者に依頼してスキャンやデジタル化することは、たとえ個人や家庭内の利用でも著作権法違反です。落丁本・乱丁本は購入書店名を明記の上、小社業務あてにお送りください。送料小社負担にてお取替えいたします。

なお、この本についてのお問い合わせは、文芸第三出版部あてにお願いいたします。

©Shiori Haruna 2018, Printed in Japan

ISBN 978-4-06-512704-9　N.D.C.913 278p 19cm

『幸福の王子　エドマンド』

榛名しおり

『虚飾の王妃　エンマ』と対をなす物語。
誰もに愛された優しい王子の
秘められた恋の物語。

講談社